ｶﾞﾙﾈ乙しﾈｶと
Translated Language Learning

Alices Abenteuer im Wunderland

Alice se Avonture in Wonderland

Lewis Carroll

Deutsch / Afrikaans

Published by Tranzlaty

ISBN: 978-1-83566-767-5

Original text: Alice's Adventures in Wonderland
by Lewis Carroll (1865)

Abridged by Sam'l Gabriel Sons (1916)

www.tranzlaty.com

Runter in den Kaninchenbau
In die konyngat af

Alice fing an, sehr müde zu werden
Alice het baie moeg begin word
Sie saß neben ihrer Schwester auf der Grasbank
Sy het by haar suster op die graswal gesit
aber sie hatte nichts zu tun
maar sy het niks gehad om te doen nie
Ihre Schwester las ein Buch
haar suster lees 'n boek
Ein- oder zweimal schaute Alice in das Buch
een of twee keer loer Alice in die boek
aber das Buch enthielt keine Bilder oder Gespräche
maar die boek het geen foto's of gesprekke daarin gehad nie
"Was nützt ein Buch ohne Bilder?", dachte Alice
"Wat help 'n boek sonder prente?," dink Alice
"Warum sollte ein Buch keine Gespräche führen?"
"Waarom sou 'n boek geen gesprekke hê nie?"
Aber sie hatte noch andere Dinge zu bedenken
maar sy het ander dinge gehad om te oorweeg

"Es wäre ein Vergnügen, eine Kette aus Gänseblümchen zu machen"
"Dit sal 'n plesier wees om 'n ketting madeliefies te maak"
"Aber lohnt es sich, aufzustehen und die Gänseblümchen zu pflücken??"
"Maar is dit die moeite werd om op te staan en die madeliefies te pluk??"
Das war nicht so leicht zu denken
Dit was nie so maklik om aan te dink nie
weil sie sich an diesem Tag schläfrig und dumm fühlte
want die dag het haar slaperig en dom laat voel
aber plötzlich wurden ihre Gedanken unterbrochen
maar skielik is haar gedagtes onderbreek
ein weißes Kaninchen mit rosa Augen lief dicht an ihr vorbei
'n Wit Konyn met pienk oë het naby haar gehardloop

**Es war nichts übermäßig Bemerkenswertes an dem
Kaninchen**
Daar was niks te merkwaardig aan die haas nie
und Alice fand das Kaninchen auch nicht bemerkenswert
en Alice het ook nie gedink dat die haas merkwaardig was nie
auch überraschte es sie nicht, als das Kaninchen sprach
dit het haar ook nie verbaas toe die haas praat nie
»O je! Ich werde zu spät kommen!« sagte er zu sich selbst
"Ag liewe! Ek sal te laat wees!" het hy vir homself gesê
**aber dann tat das Kaninchen etwas, was Kaninchen nicht
tun**
maar toe doen die Konyn iets wat konyne nie gedoen het nie
das Kaninchen zog eine Uhr aus der Westentasche
die Konyn haal 'n horlosie uit sy onderbaadjie-sak
Er schaute auf die Uhr und eilte dann weiter
Hy het na die tyd gekyk en toe verder gehaas
Alice erhob sich erstaunt
Alice het verbaas opgestaan
Sie hatte noch nie zuvor ein Kaninchen mit Weste gesehen!
Sy het nog nooit 'n haas met 'n onderbaadjie gesien nie!
noch hatte sie je ein Kaninchen mit einer Uhr gesehen!
sy het ook nog nooit 'n haas met 'n horlosie gesien nie!
Alice brannte vor neuer Neugierde
Alice het gebrand met 'n nuwe nuuskierigheid
und sie rannte über das Feld hinter dem Kaninchen her
en sy hardloop oor die veld agter die haas aan
**Sie kam gerade noch rechtzeitig, um das Kaninchen
verschwinden zu sehen**
Sy was net betyds om die haas te sien verdwyn
Das Kaninchen hüpfte in einen großen Kaninchenbau hinab
die haas spring af in 'n groot konyngat
**Im nächsten Augenblick stürzte Alice hinter dem Kaninchen
her!**
In 'n ander oomblik het Alice agter die haas aan gegaan!
Der Kaninchenbau ging geradeaus wie ein Tunnel
Die konyngat het reguit soos 'n tonnel gegaan
und der Tunnel ging noch eine Weile weiter

en die tonnel het vir 'n entjie aangehou
und dann senkte sich der Weg plötzlich hinunter
en toe het die paadjie skielik afgesak
Alice hatte keinen Augenblick, daran zu denken, ob sie sich zurückhalten sollte
Alice het nie 'n oomblik gehad om daaraan te dink om haarself te keer nie
Sie fiel hin und hinunter und hinunter
Sy het gevind dat sy af en af en af val
Es schien, als sei sie in einen sehr tiefen Brunnen gefallen
dit het gelyk asof sy in 'n baie diep put geval het
Entweder war der Brunnen sehr tief, oder sie fiel sehr langsam
Óf die put was baie diep, óf sy het baie stadig geval
denn sie hatte viel Zeit zum Fallen
want sy het genoeg tyd gehad om te val
Als sie fiel, konnte sie sich umsehen
Terwyl sy val, kon sy oral om haar kyk
Zuerst versuchte sie herauszufinden, wohin sie ging
Eerstens het sy probeer uitmaak waarheen sy op pad is
aber der Brunnen war zu dunkel, um etwas zu sehen
maar die put was te donker om iets te sien
Dann blickte sie auf die Seiten des Brunnens
toe kyk sy na die kante van die put
Und sie bemerkte, dass überall um sie herum Schränke standen
en sy het opgemerk dat daar kaste rondom haar was
und rings um den Brunnen waren Bücherregale
en rondom die put was boekrakke
Hier und da sah sie Karten und Bilder, die an Pflöcken hingen
hier en daar sien sy kaarte en prente wat aan penne gehang word
Im Vorbeigehen nahm sie ein Glas aus einem der Regale
Sy haal 'n pot van een van die rakke af toe sy verbygaan
Das Glas wurde für seinen Inhalt gekennzeichnet
Die pot is gemerk vir die inhoud daarvan

"MARMELADE AUS ORANGEN"
"MARMELADE GEMAAK VAN LEMOENE"
**Aber zu ihrer großen Enttäuschung war das
Marmeladenglas leer**
maar tot haar groot teleurstelling was die marmeladepot leeg
Sie wollte das leere Marmeladenglas nicht fallen lassen
Sy wou nie die leë marmeladepot laat val nie
und ihr Fall war sehr langsam
en haar val was baie stadig
**So schaffte sie es, das Marmeladenglas in einen der
Schränke zu stellen**
Sy het dus daarin geslaag om die marmeladepot in een van
die kaste te sit
Nieder, hinunter, hinunter fiel sie!
Af, af, af val sy!
Würde der Fall jemals ein Ende haben?
Sou die sondeval ooit tot 'n einde kom?
Es gab nichts anderes zu tun
Daar was niks anders om te doen nie
so fing Alice bald an, mit sich selbst zu reden
so Alice het gou met haarself begin praat
**»Dinah wird mich heute abend sehr vermissen, sollte ich
meinen!«**
"Dinah sal my vanaand baie mis, sou ek dink!"
Dinah war Alices Katze
Dinah was Alice se kat
**»Ich hoffe, sie werden sich an ihre Untertasse mit Milch zur
Teezeit erinnern.«**
"Ek hoop hulle sal haar piering melk tydens teetyd onthou"
**»Dinah, meine Liebe, ich wünschte, du wärst hier unten bei
mir!«**
"Dina, my skat, ek wens jy was hier onder by my!"
Alice fühlte, als würde sie einschlafen
Alice voel dat sy sluimer
Und dann plötzlich, dumpf! Bums!
en dan skielik, dreun! Doef!
Sie fiel auf einen Haufen Stöcke

Sy het op 'n hoop stokke geval
und sie landete auf einem Haufen trockener Blätter
en sy beland op 'n hoop droë blare
Und endlich war der lange Sturz in das Loch vorbei
en uiteindelik was die lang val in die gat verby
Alice war kein bisschen verletzt
Alice was nie 'n bietjie seergemaak nie
und sie sprang in einem Augenblick auf
en sy het binne 'n oomblik opgespring
Sie blickte auf, aber es war alles dunkel über ihr
Sy kyk op, maar dit was alles donker bokant haar hoof
Vor ihr lag ein weiterer langer Korridor
Voor haar was nog 'n lang gang
und das weiße Kaninchen war noch in Sicht
en die Wit Konyn was nog in sig
Er eilte den Korridor hinunter
hy haas hom in die gang af
Es war kein Augenblick zu verlieren
Daar was nie 'n oomblik om te verloor nie
davonlief Alice wie der Wind
Alice soos die wind weggehardloop
um die Ecke drehte sich das Kaninchen
om die draai draai die haas
Sie kam gerade noch rechtzeitig, um das Kaninchen zu hören
sy was net betyds om die haas te hoor
"Oh, meine Ohren und Schnurrhaare"
"O, my ore en snorbaarde"
"Wie spät es wird!"
"Hoe laat word dit!"
Sie war dicht hinter dem Kaninchen
Sy was naby agter die haas
Sie bog um eine weitere Ecke
Sy draai om 'n ander hoek
aber das Kaninchen war nicht mehr zu sehen
maar die haas was nie meer te sien nie
Sie befand sich in einer langen, niedrigen Halle

Sy het haarself in 'n lang, lae saal bevind
Der Saal wurde von einer Reihe von Deckenlampen erleuchtet
Die saal is verlig deur 'n ry plafonlampe
Überall im Saal gab es Türen
Daar was deure oral in die saal
aber alle Türen waren verschlossen
maar al die deure was gesluit
Sie ging den ganzen Weg an der einen Seite des Flurs hinunter
Sy het al die pad aan die een kant van die saal afgestap
Und sie war den ganzen Weg auf der anderen Seite des Flurs hinaufgegegangen
en sy het al die pad aan die ander kant van die saal geloop
Sie hatte jede Tür ausprobiert
Sy het elke deur probeer
Und sie ging traurig in der Mitte des Saales entlang
en sy stap hartseer in die middel van die saal af
"Wie komme ich da mal wieder raus?"
"hoe gaan ek ooit weer uitkom?"

Plötzlich stieß sie auf einen kleinen Tisch

Skielik kom sy op 'n tafeltjie

Der Tisch wurde komplett aus massivem Glas gefertigt

Die tafel was geheel en al van soliede glas gemaak

Auf dem Tisch lag nichts als ein winziger goldener Schlüssel

Daar was niks op die tafel nie, behalwe 'n klein goue sleutel

Der Schlüssel könnte zu einer der Türen gehören!

Die sleutel behoort dalk aan een van die deure!

Aber ach! Einige der Schlösser waren zu groß für die Schlüssel

Maar, helaas! Sommige van die slotte was te groot vir die sleutels

und für die anderen Schlösser war der Schlüssel zu klein

en vir die ander slotte was die sleutel te klein

aber auf jeden Fall öffnete der Schlüssel keine der Türen

maar in elk geval, die sleutel het nie een van die deure oopgemaak nie

Aber was sollte sie tun?

maar wat moes sy doen?

Sie ging wieder durch den Saal

Sy het weer deur die saal gegaan

Und diesmal bemerkte sie einen niedrigen Vorhang

en hierdie keer het sy 'n lae gordyn opgemerk

Hinter dem Vorhang war eine kleine Tür

Agter die gordyn was 'n deurtjie

Die Tür war etwa fünfzehn Zoll hoch

Die deur was ongeveer vyftien duim hoog

Sie probierte den kleinen goldenen Schlüssel im Schloss aus

Sy probeer die goue sleuteltjie in die slot

Und zu ihrer großen Freude passte der Schlüssel ins Schloss!

en tot haar groot vreugde het die sleutel in die slot gepas!

Alice öffnete die Tür

Alice het die deur oopgemaak

und sie fand, daß die Tür in einen kleinen Korridor führte

en sy het gevind dat die deur na 'n klein gang gelei het

Der Korridor war nicht viel größer als ein Rattenloch

die gang was nie veel groter as 'n rotgat nie
Sie kniete nieder und blickte den Korridor entlang
Sy kniel neer en kyk langs die gang
Und sie sah den schönsten Garten, den du je gesehen hast
en sy het die mooiste tuin gesien wat jy nog ooit gesien het
wie sehr sie sich danach sehnte, aus dieser dunklen Halle herauszukommen
hoe sy verlang het om uit daardie donker saal te kom
wie sie sich wünschte, zwischen diesen leuchtenden Blumen zu wandern
hoe sy tussen daardie helder blomme wou dwaal
Wie cool die Erfrischung dieser Brunnen aussah
Hoe koel het daardie fonteine gelyk
aber sie konnte nicht einmal ihren Kopf durch die Tür stecken
maar sy kon nie eers haar kop deur die deuropening kry nie
»Oh,« sagte Alice traurig
"O," sê Alice, treurig
»wie sehr wünschte ich, ich könnte mich zusammenfalten wie ein Fernrohr!«
"hoe wens ek ek kon soos 'n teleskoop opvou!"
"Ich glaube, ich könnte mich zusammenfalten wie ein Teleskop"
"Ek dink ek kan soos 'n teleskoop opvou"
"Wenn ich nur wüsste, wie ich anfangen sollte"
"as ek net geweet het hoe om te begin"
Alice ging zurück an den Tisch
Alice het teruggegaan na die tafel
Es bestand die Möglichkeit, einen weiteren Schlüssel zu finden
daar was die kans om nog 'n sleutel te vind
Oder es gibt ein Buch mit Regeln
of daar is dalk 'n boek met reëls
Das Buch könnte ihr sagen, wie man sich wie ein Teleskop zusammenfaltet
Die boek kan haar vertel hoe om soos 'n teleskoop op te vou
Diesmal fand sie ein Fläschchen

Hierdie keer het sy 'n botteltjie gekry

"Diese Flasche war gewiß vorher nicht hier," sagte Alice

"hierdie bottel was beslis nie voorheen hier nie," sê Alice

Und um den Flaschenhals war ein Papieretikett gebunden

en om die nek van die bottel vasgemaak was 'n papieretiket

Das Etikett war wunderschön in großen Buchstaben gedruckt

Die etiket is pragtig in groot letters gedruk

"TRINK MICH"

"DRINK MY"

»Nein, ich werde erst nachsehen«, sagte sie

"Nee, ek sal eers kyk," het sy gesê

"Ich werde sehen, ob die Flasche als giftig gekennzeichnet ist oder nicht."

"Ek sal kyk of die bottel as giftig gemerk is of nie,"

weil sie die Lektion über das Gift nie vergessen hat

Omdat sy nooit die les oor gif vergeet het nie

"Wenn eine Flasche als giftig gekennzeichnet ist, wird sie Ihnen bestimmt nicht zustimmen"

"As 'n bottel as giftig bestempel word, sal dit beslis nie met jou saamstem nie"

Diese Flasche war jedoch nicht als giftig gekennzeichnet

Hierdie bottel is egter nie as giftig gemerk nie

so wagte Alice es, den Inhalt der Flasche zu kosten

so Alice het dit gewaag om die inhoud van die bottel te proe

Sie fand die Flüssigkeit ganz nach ihrem Geschmack

Sy het die vloeistof heeltemal na haar smaak gevind

Das Getränk hatte einen gemischten Geschmack

Die drankie het 'n soort gemengde geur gehad

Kirschkuchen, Vanillepudding und Ananas

kersie-tert, vla en pynappel

Gebratener Truthahn, Toffee und Toast mit heißer Butter

gebraaide kalkoen, toffie en roosterbrood met warm botter

und bald trank sie die Flasche aus

en sy het gou die bottel klaargemaak

"Was für ein merkwürdiges Gefühl!" sagte Alice

"Wat 'n eienaardige gevoel!" sê Alice

"Ich klappe mich zusammen wie ein Teleskop!"
"Ek vou op soos 'n teleskoop!"
Und sie faltete sich tatsächlich zusammen wie ein Teleskop!
En sy het inderdaad soos 'n teleskoop opgevou!
Sie war jetzt nur noch zehn Zentimeter groß
Sy was nou net tien sentimeter hoog
und ihr Gesicht erhellte sich bei ihren Gedanken
en haar gesig het opgehelder by haar gedagtes
Jetzt hatte sie die richtige Größe für das Türchen
nou was sy die regte grootte vir die deurtjie
Jetzt konnte sie in diesen schönen Garten gehen
Nou kon sy in daardie lieflike tuin ingaan
Bald hörte sie auf, kleiner zu werden
gou het sy opgehou om kleiner te word
Sie beschloß, sofort in den Garten zu gehen
Sy het besluit om dadelik die tuin in te gaan
aber wehe der armen Alice!
maar, helaas, vir die arme Alice!
Sie kam zur Tür
Sy het by die deur gekom
Aber sie hatte den kleinen goldenen Schlüssel vergessen
maar sy het die klein goue sleutel vergeet
Sie ging zurück zum Tisch, um den Schlüssel zu holen
Sy het teruggegaan na die tafel vir die sleutel
aber sie merkte, daß sie nicht hoch genug greifen konnte
maar sy het gevind dat sy nie hoog genoeg kon reik nie
Sie konnte den Schlüssel ganz deutlich durch das Glas sehen
sy kon die sleutel baie duidelik deur die glas sien
Sie versuchte, die Beine des Tisches hinaufzuklettern
Sy het probeer om teen die bene van die tafel op te klim
Aber das Glas war viel zu rutschig
maar die glas was heeltemal te glad
Irgendwann erschöpfte sie sich mit dem Versuch
Uiteindelik het sy haarself moeg gemaak om te probeer
Und das arme kleine Mädchen setzte sich hin und weinte
en die arme dogtertjie gaan sit en huil

Alice sprach ziemlich scharf mit sich selbst
Alice het taamlik skerp met haarself gepraat
"Komm, es hat keinen Zweck, so zu weinen!"
"Kom, dit help nie om so te huil nie!"
"Ich rate dir, gleich aufzuhören!"
"Ek raai jou aan om dadelik op te hou!"
Sie gab sich im Allgemeinen sehr gute Ratschläge
Sy het haarself oor die algemeen baie goeie raad gegee
obwohl sie nur sehr selten ihren eigenen Rat befolgte
hoewel sy baie selde haar eie raad gevolg het
und sie war manchmal zu streng mit sich selbst
en sy was soms te hard op haarself
und ihre Worte trieben ihr Tränen in die Augen
en haar woorde het trane in haar oë gebring
Bald fiel ihr Blick auf einen kleinen Glaskasten
Gou val haar oog op 'n klein glasboks
Der kleine Glaskasten lag unter dem Tisch
Die klein glasboks het onder die tafel gelê
In dem Glaskasten befand sich ein sehr kleiner Kuchen
In die glaskas was 'n baie klein koek
Auf dem Kuchen waren einige Worte schön geschrieben
Op die koek is 'n paar woorde pragtig geskryf
die Worte waren in Johannisbeeren markiert worden
Die woorde is in aalbessies gemerk
"MICH ESSEN"
"EET MY"
"Nun, ich werde den Kuchen essen," sagte Alice
"Wel, ek sal die koek eet," sê Alice
**"Und wenn mich der Kuchen größer werden lässt, kann ich
den Schlüssel erreichen"**
"en as die koek my groter laat word, kan ek die sleutel bereik"
**"Und wenn mich der Kuchen kleiner werden lässt, kann ich
unter die Tür kriechen"**
"en as die koek my kleiner laat word, kan ek onder die deur
kruip"
"Also so oder so komme ich in den Garten"
"so hoe dit ook al sy, ek sal in die tuin kom"

"Und es ist mir egal, was von beidem passiert!"
"en ek gee nie om wie van die twee gebeur nie!"
Sie aß ein wenig von dem Kuchen
Sy het 'n bietjie van die koek geëet
und sie sprach ängstlich zu sich selbst:
en sy het angstig met haarself gepraat:
"In welche Richtung? In welche Richtung?"
"Watter kant? Watter kant?"
und sie hielt die Hand auf den Kopf
en sy het haar hand op haar kop gehou
Sie wollte spüren, in welche Richtung sie wuchs
Sy wou voel hoe sy groei
Sie war ganz überrascht, als sie erfuhr, was geschehen war
Sy was nogal verbaas om uit te vind wat gebeur het
Sie war gleich groß geblieben!
sy het dieselfde grootte gebly!
Also verdoppelte sie dieses Mal ihre Bemühungen
So hierdie keer het sy haar pogings verdubbel
Und bald war der ganze Kuchen fertig
en gou het sy die hele koek klaargemaak

er Pool der Tränen
Die poel van trane

"Das wird immer interessanter!" rief Alice

"Dit word al hoe interessanter!" roep Alice

Man kann sehen, dass sie sehr überrascht war

Jy kan sien sy was baie verbaas

"Ich öffne mich wie das größte Teleskop, das es je gab!"

"Ek maak oop soos die grootste teleskoop wat daar ooit was!"

»Auf Wiedersehen, Füße! Oh, meine armen kleinen Füße"

"Totsiens, voete! O, my arme voetjies"

"Ich frage mich, wer euch jetzt die Schuhe anziehen wird, meine Lieben?"

"Ek wonder wie nou jou skoene vir jou sal aantrek, skat?"

»und ich frage mich, wer Ihre Strümpfe anziehen wird?«

"en ek wonder wie jou kouse sal aantrek?"

"Ich werde viel zu weit weg sein"

"Ek sal baie te ver weg wees"

"Ich werde mich nicht mehr um dich kümmern können"

"Ek sal myself nie meer oor jou kan pla nie"

In diesem Augenblick schlug ihr Kopf gegen etwas

Net op hierdie oomblik het haar kop teen iets geslaan

Sie hatte das Dach des Saales erreicht

sy het die dak van die saal bereik

Tatsächlich war sie jetzt mehr als zwei Meter groß

trouens, sy was nou meer as twee meter lank

und sie ergriff sogleich den kleinen goldenen Schlüssel

en sy het dadelik die klein goue sleutel opgetel

und sie eilte zur Gartentür

en sy haastig weg na die tuindeur

Arme Alice! Es gab nicht viel, was sie tun konnte

Arme Alice! Daar was nie veel wat sy kon doen nie

Sie legte sich auf die Seite

Sy het aan die een kant gaan lê

Und sie blickte mit einem Auge in den Garten hinein

en sy het met een oog in die tuin gekyk

Aber durchzukommen war hoffnungsloser denn je

maar om deur te kom was meer hopeloos as ooit

Sie setzte sich und fing wieder an zu weinen

Sy gaan sit en begin weer huil

Sie fuhr fort, literweise Tränen zu vergießen

Sy het voortgegaan om liters trane te stort

Bald war ein großer Pool um sie herum

Gou was daar 'n groot swembad rondom haar

und das Wasser reichte bis zur Hälfte des Flurs

en die water het halfpad in die gang bereik

Nach einer Weile hörte sie ein leises Getrappel von Füßen

Na 'n rukkie hoor sy 'n bietjie gekletter van voete

Sie hörte die Füße aus der Ferne kommen

Sy het die voete van ver af hoor kom

Und sie trocknete sich hastig die Augen, um zu sehen, was kommen würde

en sy het haastig haar oë afgedroog om te sien wat kom

Es war das weiße Kaninchen, das zurückkehrte

Dit was die Wit Konyn wat teruggekeer het

Er war prächtig gekleidet

hy was pragtig geklee

Er hatte ein Paar weiße Handschuhe in der einen Hand

Hy het 'n paar wit handskoene in die een hand gehad

Und in der anderen Hand hatte er einen großen Federfächer

en hy het 'n groot veerwaaier in die ander hand gehad

Er kam in großer Eile dahergetrabt

Hy het haastig saamgedraf

und er murmelte vor sich hin: »Ach! die Herzogin, die Herzogin!«

en hy het by homself gemompel: "O! die hertogin, die hertogin!"

»Ach! wird sie nicht wild sein, wenn ich sie habe warten lassen?«

"O! sal sy nie wreed wees as ek haar laat wag het nie!"

Als das Kaninchen in ihre Nähe kam, sprach Alice
Toe die haas naby haar kom, het Alice gepraat
aber sie sprach mit leiser, schüchterner Stimme
maar sy het met 'n lae, skugter stem gepraat
"Sir, bitte hören Sie für einen Moment auf, was Sie tun"
"Meneer, stop asseblief vir 'n oomblik wat jy doen"
Das Kaninchen erschrak heftig
Die haas skrik gewelddadig
Er ließ die weißen Handschuhe und den Federfächer fallen
Hy het die wit handskoene en die veerwaaier laat val
und er eilte fort in die Dunkelheit, so schnell er konnte
en hy skarrel weg in die duisternis so vinnig as wat hy kon
Alice hob den Federfächer und die Handschuhe auf
Alice tel die veerwaaier en handskoene op
Und sie fächelte sich immer wieder Luft zu, während sie sprach
en sy het haarself bly waai terwyl sy aanhou praat
»Liebes, liebes Kind! Wie seltsam ist das alles heute!"
"Liewe, skat! Hoe vreemd is alles vandag!"

"Gestern ging es weiter wie bisher"
"Gister het dinge net soos gewoonlik aangegaan"
"War ich heute Morgen noch so, als ich aufgestanden bin?"
"Was ek dieselfde toe ek vanoggend opgestaan het?"
"Aber wenn ich nicht mehr derselbe bin, dann ist das eine andere Frage"
"Maar as ek nie dieselfde is nie, is daar 'n ander vraag"
"Wer in aller Welt bin ich?"
"Wie in die wêreld is ek?"
"Ah, das ist das große Rätsel!"
"Ag, dit is die groot legkaart!"
Während sie das sagte, blickte sie auf ihre Hände hinunter
Terwyl sy dit sê, kyk sy af na haar hande
Sie trug einen der kleinen weißen Handschuhe des Kaninchens
Sy het een van die konyne se klein wit handskoene gedra
Sie hatte nicht bemerkt, dass sie den Handschuh angezogen hatte, während sie sprach
Sy het nie opgemerk dat sy die handskoen aantrek terwyl sy praat nie
"Wie konnte ich das machen?" dachte sie
"Hoe kon ek dit gedoen het?" het sy gedink
"Ich muss wieder klein werden"
"Ek moet weer klein word"
Sie stand auf und ging zum Tisch, um ihre Größe zu messen
Sy staan op en gaan na die tafel om haar lengte te meet
Sie stellte fest, dass sie jetzt etwa einen halben Meter groß war
Sy het gevind dat sy nou ongeveer 'n halwe meter lank was
und sie schrumpfte immer noch schnell
en sy het nog steeds vinnig gekrimp
Bald fand sie heraus, was die Ursache für das Schrumpfen war
Sy het gou uitgevind wat die oorsaak van die krimp was
Der Federfächer machte sie wieder kleiner!
Die veerwaaier het haar weer kleiner gemaak!
Und sie ließ hastig den Federfächer fallen

en sy het die veerwaaier haastig laat val
Sie ließ den Federfächer gerade noch rechtzeitig fallen, um sich zu retten
Sy het die veerwaaier net betyds laat val om haarself te red
Hätte sie sich noch länger Luft zugefächelt, wäre sie völlig zusammengeschrumpft
As sy haarself langer gewaai het, sou sy heeltemal weggekrimp het
»Das war ein knappes Entkommen!« sagte Alice
"Dit was 'n noue ontsnapping!" sê Alice
und sie erschrak sehr über die plötzliche Veränderung
en sy was baie bang vir die skielike verandering
aber sie war sehr froh, daß sie noch da war
maar sy was baie bly om te vind dat sy nog bestaan
"Und jetzt ab in den Garten!"
"En nou, na die tuin!"
Und sie lief mit aller Geschwindigkeit zurück zu der kleinen Tür
En sy hardloop met alle spoed terug na die deurtjie
Aber ach! Das Türchen wurde wieder geschlossen
Maar, helaas! die deurtjie is weer gesluit
Und das goldene Schlüsselchen lag wieder auf dem Glastisch
en die klein goue sleutel lê weer op die glastafel
"Es ist schlimmer als je!" dachte das arme Kind
"Dinge is erger as ooit," dink die arme kind
"So klein war ich noch nie, niemals!"
"Ek was nog nooit so klein soos hierdie nie, nooit!"
Bei diesen Worten rutschte ihr Fuß aus
Toe sy hierdie woorde sê, gly haar voet
Und im nächsten Augenblick gab es ein großes Plätschern!
en in 'n ander oomblik was daar 'n groot plons!
Sie stand bis zum Kinn im Salzwasser
sy was tot by haar ken in soutwater
Ihre erste Idee war, dass sie irgendwie ins Meer gefallen war
Haar eerste idee was dat sy op een of ander manier in die see geval het

Sie erkannte jedoch bald, worin sie sich befand
Sy het egter gou besef waarin sy was
Sie war in einer Tränenlache
Sy was in 'n plas van trane
die Tränen, die sie geweint hatte, als sie zwei Meter groß war
die trane wat sy gehuil het toe sy twee meter lank was

In diesem Augenblick hörte sie etwas
Net toe hoor sy iets
Etwas plätscherte im Pool herum
Iets spat in die swembad rond
Das Plätschern kam aus einiger Entfernung
Die gespat kom van 'n entjie ver af
und sie schwamm näher, um zu sehen, was das Plätschern war
en sy het nader geswem om te sien wat die gespat was
Bald sah sie, dass es nur eine kleine Maus war
Sy het gou gesien dat dit net 'n klein muis was
Auch die kleine Maus war ins Wasser geschlüpft
Die muisie het ook in die water gegly

Alice dachte bei sich über die Situation nach
Alice het by haarself oor die situasie gedink
"Würde es etwas nützen, mit dieser Maus zu sprechen?"
"Sou dit van enige nut wees om met hierdie muis te praat?"
"Hier unten steht alles auf dem Kopf"
"Alles is so onderstebo hier onder"
"Ich denke, es ist sehr wahrscheinlich, dass diese Maus sprechen kann."
"Ek dink baie waarskynlik dat hierdie muis kan praat"
"Es schadet jedenfalls nicht, es zu versuchen"
"In elk geval, daar is geen kwaad om te probeer nie"
Also begann sie zu versuchen, mit der Maus zu sprechen
Sy het dus probeer om met die muis te praat
"Oh Maus, kennst du den Weg aus diesem Pool?"
"Ag Muis, ken jy die pad uit hierdie swembad?"
"Ich bin es leid, hier herumzuschwimmen, oh Maus!"
"Ek is baie moeg om hier rond te swem, o Muis!"
Die Maus schaute sie ziemlich neugierig an
Die muis kyk haar nogal nuuskierig aan
Die Maus schien mit einem ihrer kleinen Augen zu blinzeln
Dit lyk asof die muis met een van sy ogies knipoog
Aber die kleine Maus sagte nichts
maar die klein muis het niks gesê nie
"Vielleicht versteht die Maus kein Englisch!" dachte Alice
"Miskien verstaan die muis nie Engels nie," dink Alice
"Ich wage zu behaupten, es ist eine französische Maus"
"Ek durf sê dit is 'n Franse muis"
"Vielleicht kam diese Maus mit Wilhelm dem Eroberer herüber"
"miskien het hierdie muis saam met Willem die Veroweraar oorgekom"
Also fing sie wieder an, auf Französisch
So het sy weer begin, in Frans
"Wo ist meine Katze?", fragte sie auf Französisch
"Waar is my kat?" vra sy in Frans
es war der erste Satz in ihrem französischen Unterrichtsbuch
dit was die eerste sin in haar Franse lesboek

Die Maus machte einen plötzlichen Sprung aus dem Wasser
Die muis het 'n skielike sprong uit die water gegee
Und die Maus schien am ganzen Leibe vor Schreck zu zittern
en dit lyk asof die muis oral bewe van skrik
"Oh, ich bitte um Verzeihung!" rief Alice hastig
"O, ek smeek jou vergewe!" roep Alice haastig uit
Sie fürchtete, sie habe die Gefühle des armen Tieres verletzt
sy was bang dat sy die arme dier se gevoelens seergemaak het
"Ich habe ganz vergessen, dass du keine Katzen magst"
"Ek het heeltemal vergeet jy hou nie van katte nie"
"Ich mag keine Katzen!" rief die Maus mit schriller, leidenschaftlicher Stimme
"Ek hou nie van katte nie!" roep die muis met 'n skril, passievolle stem
"Hättest du gerne Katzen, wenn du ich wärst?"
"Sou jy katte wou hê, as jy ek was?"
Alice tröstete die Maus in einem beruhigenden Ton
Alice troos die muis in 'n strelende toon
"Naja, vielleicht würde ich an deiner Stelle auch keine Katzen mögen"
"Wel, miskien sou ek ook nie van katte hou as ek jy was nie"
"Bitte ärgern Sie sich nicht über die Erwähnung von Katzen"
"Moet asseblief nie kwaad wees oor die vermelding van katte nie"
"Und doch wünschte ich, ich könnte dir unsere Katze Dina zeigen"
"En tog wens ek ek kon jou ons kat Dina wys"
"Wenn du sie treffen würdest, würdest du wohl Gefallen an Katzen finden"
"as jy haar ontmoet, dink ek jy sal lus wees vir katte"
"Wenn du sie nur sehen könntest"
"As jy haar net kon sien"
"Sie ist so ein liebes, stilles Ding"
"Sy is so 'n dierbare, stil ding"
Die Maus zitterte am ganzen Körper
Die muis het oral gebewe

Alice war sich sicher, dass die Maus wirklich beleidigt sein musste

Alice was seker dat die muis regtig aanstoot moes neem

"Wir reden nicht mehr über sie, wenn du lieber nicht willst"

"Ons sal nie meer oor haar praat nie, as jy liewer nie wil nie"

"Wir, allerdings!" rief die Maus

"Ons, inderdaad!" roep die muis

Die Maus zitterte bis zum Ende ihres Schwanzes

die muis bewe tot aan die einde van sy stert

»Als ob ich über so ein Thema reden würde!«

"Asof ek oor so 'n onderwerp sou praat!"

"Unsere Familie hat Katzen schon immer gehasst"

"Ons gesin het altyd katte gehaat"

"Katzen; Gemeine, niedrige, gemeine Dinger!"

"katte; nare, lae, vulgêre dinge!"

"Laß mich den Namen nicht noch einmal hören!"

"Moenie dat ek weer die naam hoor nie!"

"Katzen will ich ja nicht mehr erwähnen!" sagte Alice

"Ek sal inderdaad nie weer katte noem nie!" sê Alice

Sie hatte es sehr eilig, das Thema zu wechseln

sy was baie haastig om die onderwerp te verander

"Bist du... Lieben Sie Hunde?«

"Is jy ... Is jy lief vir honde?"

"Es gibt so einen netten kleinen Hund in der Nähe unseres Hauses."

"Daar is so 'n gawe hondjie naby ons huis,"

"Ich möchte dir den kleinen Hund zeigen!"

"Ek wil jou graag die hondjie wys!"

"Dieser kleine Hund tötet alle Ratten und...

"Hierdie hondjie maak al die rotte dood en ...

»O je!« rief Alice in traurigem Tone

"O, skat!" roep Alice op 'n hartseer toon

»Ich fürchte, ich habe dich schon wieder beleidigt!«

"Ek is bevrees ek het jou weer aanstoot gegee!"

Die Maus schwamm so schnell sie konnte von ihr weg

die muis het so vinnig as wat dit kon van haar af weggeswem

Und die Maus machte einen ziemlichen Aufruhr im Tümpel

en die muis het nogal 'n oproer in die swembad gemaak
Da rief sie leise der Maus nach
So roep sy saggies agter die muis aan
"Meine liebe Maus, komm bitte zurück!"
"My liewe muis, kom asseblief terug!"
"Und wir werden nicht über Katzen sprechen"
"En ons sal nie oor katte praat nie"
"Und über Hunde müssen wir auch nicht reden"
"En ons hoef ook nie oor honde te praat nie"
Als die Maus das hörte, drehte sie sich um
Toe die muis dit hoor, draai hy om
Und die kleine Maus schwamm langsam zu ihr zurück
en die klein muisie swem stadig terug na haar toe
Das Gesicht der Maus war ganz blaß
Die muis se gesig was nogal bleek
Und die Maus sprach mit leiser, zitternder Stimme
en die muis het gepraat, met 'n lae, bewende stem
"Lasst uns ans Ufer gehen"
"Kom ons kom by die oewer"
"Und dann erzähle ich dir meine Geschichte"
"en dan sal ek jou my geskiedenis vertel"
**"Und du wirst verstehen, warum ich Katzen und Hunde
hasse"**
"en jy sal verstaan hoekom ek katte en honde haat"
Es war höchste Zeit zu gehen
Dit het hoog tyd geword om te gaan
weil der Pool ziemlich voll wurde
want die swembad het nogal druk geraak
Andere Vögel und Tiere waren in den Pool gefallen
ander voëls en diere het in die swembad geval
es gab eine Ente und einen Dodo
daar was 'n eend en 'n dodo
und da waren ein Lory-Vogel und ein Adler
en daar was 'n Lory-voël en 'n arend
**und es gab noch einige andere interessant aussehende
Kreaturen**
en daar was verskeie ander interessante wesens

Alice führte den Weg aus dem Pool
Alice het die pad uit die swembad gelei
und die ganze Gesellschaft der Tiere schwamm ans Ufer
en die hele groep diere het na die oewer geswem

Ein Caucus-Rennen und ein langer Schwanz
'n koukuswedloop en 'n lang stert
Es waren in der Tat ein lustig aussehender Haufen Tiere
Hulle was inderdaad 'n snaakse klomp diere
und sie versammelten sich alle am Ufer des Wassers
en hulle het almal op die wateroewer bymekaargekom
die Vögel hatten alle zerzauste Federn
die voëls het almal vere gehad
und die pelzigen Tiere waren durchnässt
en die harige diere was deurweek
und alle waren triefend nass, genervt und unwohl
en almal was drupnat, geïrriteerd en ongemaklik

Es gab eine Frage, die zuerst beantwortet werden musste
Daar was een vraag wat eers beantwoord moes word
Was ist der beste Weg für alle, um trocken zu werden?
Wat is die beste manier vir almal om droog te word?
Sie hatten eine Konsultation zu diesem Thema
Hulle het 'n konsultasie oor hierdie saak gehad

Bald waren sie alle auf vertrautem Einvernehmen
Gou was hulle almal op bekende voet
Es war, als ob sie sie ihr ganzes Leben lang gekannt hätte
dit was asof sy hulle haar hele lewe lank geken het
Die Maus schien eine Person mit einer gewissen Autorität zu sein
Die muis was blykbaar 'n persoon met 'n gesag
"Setzt euch, ihr alle, und hört mir zu!"
"Gaan sit, almal van julle, en luister na my!
"Ich werde euch bald wieder alle trocken machen!"
"Ek sal julle binnekort weer droog maak!"
Sie setzten sich alle auf einmal in einem großen Ring nieder
Hulle het almal gelyktydig in 'n groot ring gaan sit
Und die kleine Maus saß in der Mitte
en die klein muis het in die middel gesit
"Ähm!" sagte die Maus mit einer wichtigen Miene
"Ahem!" sê die muis met 'n belangrike lug
"Seid ihr bereit?"
"Is julle almal gereed?"
"Das ist das Trockenste, was ich kenne"
"Dit is die droogste ding wat ek weet"
»Schweigen Sie ringsum, wenn Sie wollen!«
"Stilte rondom, as jy asseblief!"
"Wilhelm der Eroberer wurde vom Papst begünstigt"
"Willem die Veroweraar is deur die pous begunstig"
"aber er wurde bald von den Engländern unterworfen"
"maar hy is gou deur die Engelse onderwerp"
"Sie wollten in letzter Zeit Führer"
"Hulle wou die afgelope tyd leiers hê"
"Und sie waren an Macht und Eroberung gewöhnt"
"en hulle was gewoond aan mag en verowering"
"Edwin und Morcar, die Grafen von Mercia und Northumbria"
"Edwin en Morcar, die graaf van Mercia en Northumbria"
»Pfui!« sagte der Lori-Vogel mit einem Schauer
"Ugh!" sê die lori-voël met 'n rilling
"und sogar Stigand, der patriotische Erzbischof von

Canterbury"
"en selfs Stigand, die patriotiese aartsbiskop van Canterbury"
"Er fand es auch ratsam"
"Hy het dit ook raadsaam gevind"
"Was hielt er für ratsam?" fragte die Ente
"Wat het hy raadsaam gevind?" sê die eend
"Er fand es ratsam", antwortete die Maus ziemlich verärgert
"Hy het dit raadsaam gevind," antwoord die muis taamlik dwars
aber die Ente war nicht zufrieden
maar die eend was nie tevrede nie
"Natürlich weißt du, was 'es' bedeutet"
"Natuurlik weet jy wat 'dit' beteken"
"Ich weiß, was es ist, wenn ich etwas finde," sagte die Ente
"Ek weet wat 'dit' is as ek iets kry," sê die eend
"Es ist in der Regel ein Frosch oder ein Wurm"
"Dit is oor die algemeen 'n padda of 'n wurm"
"Die Frage ist, was hat der Erzbischof gefunden?"
"Die vraag is, wat het die aartsbiskop gevind?"
Die Maus bemerkte diese Frage nicht
Die muis het nie hierdie vraag opgemerk nie
Stattdessen fuhr die Maus hastig mit der Rede fort
In plaas daarvan het die muis haastig voortgegaan met die toespraak
"Er fand es ratsam, mit Edgar Atheling zu gehen"
"hy het dit raadsaam gevind om saam met Edgar Atheling te gaan"
"um William zu treffen und ihm die Krone anzubieten"
"om William te ontmoet en hom die kroon aan te bied"
fuhr die Maus fort und wandte sich dabei an Alice
die muis het voortgegaan en na Alice gedraai terwyl dit gepraat het
»Wie geht es dir jetzt, meine Liebe?«
"Hoe gaan dit nou met jou, my skat?"
»So naß wie immer,« sagte Alice in melancholischem Tone
"So nat soos altyd," sê Alice op 'n weemoedige toon
"Diese Geschichte scheint mich überhaupt nicht

auszutrocknen"
"Dit lyk asof hierdie storie my glad nie droog maak nie"
»In diesem Falle,« sagte der Dodo feierlich und erhob sich
"In daardie geval," sê die dodo plegtig en staan op sy voete
"Ich stimme dafür, dass die Sitzung vertagt wird"
"Ek stem dat die vergadering verdaag word"
"und ich schlage vor, sofort energischere Heilmittel zu
ergreifen"
"en ek stel 'n onmiddellike aanvaarding van meer energieke
middels voor"
"Sprich wahre Worte!" sagte der Adler
"Praat regte woorde!" sê die arend
"Ich weiß nicht, was die Hälfte dieser langen Worte
bedeutet"
"Ek weet nie wat die helfte van daardie lang woorde beteken
nie"
»und außerdem glaube ich nicht, daß Sie es wissen!«
"en wat meer is, ek glo nie jy weet ook nie!"
»Was ich sagen wollte«, sagte der Dodo in beleidigtem Ton
"Wat ek gaan sê," sê die dodo op 'n beledigde toon
"Das Beste, was uns trocken kriegt, wäre ein Caucus-
Rennen"
"Die beste ding om ons droog te kry, is 'n koukuswedloop"
»Was ist ein Caucus-Rennen?« fragte Alice
"Wat is 'n koukus-wedloop?" sê Alice

"Nun", sagte der Dodo, "der beste Weg, es zu erklären, ist, es zu tun."

"Wel," sê die dodo, "die beste manier om dit te verduidelik is om dit te doen"

"Zuerst steckte der Dodo eine Rennbahn ab"

"Eers het die dodo 'n renbaan gemerk"

"Die Strecke verlief in einer Art Kreis"

"Die baan was in 'n soort sirkel"

"Und dann wurde die ganze Gesellschaft entlang der Strecke platziert"

"en toe is die hele geselskap langs die baan geplaas"

Es gab kein "Eins, zwei, drei und weg!"

Daar was geen "Een, twee, drie en weg!"

aber sie fingen an zu rennen, wann sie wollten

maar hulle het begin hardloop wanneer hulle wou

Und sie beendeten auch, wenn sie wollten

en hulle het ook klaargemaak wanneer hulle wou

Es war also nicht einfach zu wissen, wann das Rennen vorbei war

Dit was dus nie maklik om te weet wanneer die wedloop verby was nie

Nach etwa einer halben Stunde Laufen waren sie alle ziemlich trocken

na 'n halfuur of wat se hardloop was hulle almal redelik droog

der Dodo rief plötzlich: "Das Rennen ist vorbei!"

die dodo het skielik uitgeroep: "Die wedloop is verby!"

Und sie drängten sich alle um den Dodo

en hulle het almal om die dodo saamgedrom

Alle Tiere hechelten und schnauften

al die diere hyg en blaas

und sie alle wollten wissen: "Aber wer hat gewonnen?"

en hulle wou almal weet: "Maar wie het gewen?"

Diese Frage konnte der Dodo nicht sofort beantworten

Hierdie vraag kon die dodo nie dadelik beantwoord nie

Zuerst musste er sehr viel nachdenken

Eers moes hy baie nadink

Nach langem Nachdenken sprach der Dodo schließlich
Na baie nadenke het die Dodo uiteindelik gepraat
"Jeder hat gewonnen, und jeder muss Preise haben"
"Almal het gewen, en almal moet pryse hê"
»Aber wer soll die Preise geben?« fragte ein Chor von Stimmen
"Maar wie moet die pryse gee?" vra 'n koor van stemme
"Nun, sie natürlich", sagte der Dodo
"Wel, sy, natuurlik," sê die dodo
und der Dodo deutete mit einem Finger auf Alice
en die dodo het met een vinger na Alice gewys
und die ganze Gesellschaft von Tieren drängte sich um sie
en die hele groep diere het om haar saamgedrom
sie riefen verwirrt: »Preise! Preise!"
hulle het op 'n verwarde manier uitgeroep: "Pryse! Pryse!"
Alice hatte keine Ahnung, was sie tun sollte
Alice het geen idee gehad wat om te doen nie
Verzweifelt steckte sie die Hand in die Tasche
Wanhopig steek sy haar hand in haar sak
Und sie zog eine Schachtel mit Süßigkeiten hervor
en sy haal 'n boks lekkers uit
Glücklicherweise war das Salzwasser nicht in den Kasten gelangt
gelukkig het die soutwater nie in die boks gekom nie
Und sie reichte die Süßigkeiten als Preise herum
en sy het die lekkers as pryse rondgegee
Es gab genau ein Stück für jeden
Daar was presies een stuk vir almal
Das nächste, was sie tun mussten, war, die Süßigkeiten zu essen
Die volgende ding wat hulle moes doen, was om die lekkers te eet
Dies verursachte einige Geräusche und Verwirrung
Dit het geraas en verwarring veroorsaak
Die großen Vögel klagten, dass sie ihre Süßigkeiten nicht schmecken konnten
Die groot voëls het gekla dat hulle nie hul lekkers kon proe nie

Die Kleinen verschluckten sich und mussten auf den Rücken geklopft werden
Die kleintjies verstik en moes op die skouer geklop word
Doch dann war es endlich vorbei
Dit was egter uiteindelik verby
Und sie setzten sich wieder in einem Ring nieder
en hulle het weer in 'n ring gaan sit
Und sie flehten die Maus an, ihnen noch etwas zu erzählen
en hulle het die muis gesmeek om hulle iets meer te vertel
»Du hast versprochen, mir deine Geschichte zu erzählen, weißt du,« sagte Alice
"Jy het belowe om my jou geskiedenis te vertel, jy weet," sê Alice
und sie machte noch eine kleine Bemerkung über Katzen im Flüsterton
en sy het nog 'n klein opmerking oor katte in 'n fluistering gemaak
Sie wollte die Maus nicht noch einmal beleidigen
Sy wou nie weer die muis aanstoot gee nie
die kleine Maus drehte sich zu Alice um und seufzte
die klein muis draai na Alice en sug
"Meine Geschichte ist lang und traurig!"
"Myne is 'n lang en hartseer verhaal!"
»Es ist gewiß ein langer Schwanz,« sagte Alice
"Dit is beslis 'n lang stert," sê Alice
Und sie blickte verwundert auf den Schwanz der Maus hinunter
en sy kyk met verwondering af na die muis se stert
"Aber warum nennst du es einen traurigen Schwanz?"
"Maar hoekom noem jy dit 'n hartseer stert?"
Und sie rätselte unaufhörlich, während die Maus sprach
En sy het aanhou raaisel daaroor terwyl die muis gepraat het
so daß ihre Vorstellung von der Geschichte ungefähr so aussah
sodat haar idee van die verhaal so iets was

"Fury said to
a mouse, That
he met in the
house, 'Let
us both go
to law: *I*
will prosecute
you.—
Come, I'll
take no denial:
We must have
the trial;
For really
this morning
I've
nothing
to do.'
Said the
mouse to
the cur,
'Such a
trial, dear
sir, With
no jury
or judge,
would
be wasting
our
breath.'
'I'll be
judge,
I'll be
jury,'
said
cunning
old
Fury;
'I'll
try
the
whole
cause,
and
condemn
you to
death.'"

Fury sagte zu einer Maus, die er im Haus getroffen hat."

Fury het vir 'n muis gesê, dat hy in die huis ontmoet het"

Lasst uns beide vor Gericht gehen: Ich werde euch anklagen

Laat ons albei na die reg gaan: Ek sal jou vervolg

Kommen Sie, ich leugne es nicht: Wir müssen den Prozeß haben

Kom, ek sal geen ontkenning aanvaar nie: Ons moet die verhoor hê

Denn heute morgen habe ich wirklich nichts zu tun

Want regtig vanoggend het ek niks om te doen nie
Sagte die Maus zum Pfarrer;
Sê die muis vir die cur;
Ein solcher Prozeß, lieber Herr, ohne Geschworene und
Richter, würde uns den Atem rauben
So 'n verhoor, liewe meneer, met geen jurie of regter nie, sou
ons asem mors
»Ich werde Richter sein, ich werde Geschworener sein«,
sagte der schlaue alte Fury
"Ek sal regter wees, ek sal jurie wees," sê die slinkse ou Fury
Ich werde die ganze Sache prüfen und dich zum Tode
verurteilen
Ek sal die hele saak verhoor en jou ter dood veroordeel
die Maus sprach streng zu Alice
die muis het ernstig met Alice gepraat
"Du passt nicht auf!"
"Jy gee nie aandag nie!"
"Woran denkst du?"
"Waaraan dink jy?"
»Ich bitte um Verzeihung,« sagte Alice sehr demütig
"Ek smeek jou vergewe," sê Alice baie nederig
»Sie waren in der fünften Kurve angelangt, glaube ich?«
"jy het by die vyfde draai gekom, dink ek?"
"Du beleidigst mich, indem du so einen Unsinn redest!"
"Jy beledig my deur sulke nonsens te praat!"
Und die Maus stand auf und ging weg
en die muis het opgestaan en weggeloop
Alice rief der kleinen Maus hinterher
Alice roep na die klein muis
"Bitte komm zurück und beende deine Geschichte!"
"Kom asseblief terug en voltooi jou storie!"
Und die andern stimmten alle in den Chor ein
En die ander het almal in koor aangesluit
"Ja, bitte beenden Sie Ihre Geschichte!"
"Ja, maak asseblief jou storie klaar!"
Aber die Maus schüttelte nur ungeduldig den Kopf
Maar die muis skud net ongeduldig sy kop

Und die kleine Maus ging ein wenig schneller
en die klein muis het 'n bietjie vinniger geloop
"Ich wünschte, ich hätte Dinah, unsere Katze, hier!" sagte Alice
"Ek wens ek het Dinah, ons kat, hier gehad!" sê Alice
Dies erregte in der Partei ein bemerkenswertes Aufsehen
Dit het 'n merkwaardige sensasie onder die party veroorsaak
Einige der Vögel eilten sofort davon
Sommige van die voëls het dadelik weggehaas
und ein Kanarienvogel rief mit zitternder Stimme seinen Kindern zu;
en 'n Kanarie het met 'n bewende stem na sy kinders geroep;
»Kommt fort, meine Lieben!«
"Kom weg, my liewe!"
"Es ist höchste Zeit, dass ihr alle im Bett seid!"
"Dit is hoog tyd dat julle almal in die bed is!"
Mit verschiedenen Ausreden gingen sie alle weg
Met verskeie verskonings het hulle almal weggegaan
und Alice war bald allein
en Alice is gou alleen gelaat
"Ich wünschte, ich hätte Dina nicht erwähnt!"
"Ek wens ek het nie Dina genoem nie!"
"Niemand scheint sie hier unten zu mögen"
"Dit lyk asof niemand van haar hier onder hou nie"
"Aber ich bin mir sicher, dass sie die beste Katze von der Welt ist!"
"maar ek is seker sy is die beste kat in die wêreld!"
Die arme Alice fing wieder an zu weinen
Arme Alice het weer begin huil
weil sie sich sehr einsam und niedergeschlagen fühlte
omdat sy baie eensaam en neerslagtig gevoel het
Nach einer Weile aber hörte sie wieder etwas
Binne 'n rukkie hoor sy egter weer iets
ein leises Getrappel von Schritten in der Ferne
'n bietjie voetstappe in die verte
und sie blickte eifrig auf
en sy kyk gretig op

Der Hase schickt den kleinen Mr. Bill herein
Die haas stuur klein meneer Bill in

**Es war das weiße Kaninchen, das langsam wieder
zurücktrabte**
Dit was die wit haas, wat stadig weer terugdraf
Er sah sich ängstlich um, während er ging
Hy het angstig rondgekyk terwyl hy gegaan het
Er sah aus, als hätte er etwas verloren
Hy het gelyk asof hy iets verloor het
Alice hörte, wie er vor sich hin murmelte
Alice hoor hom vir homself mompel
»Die Herzogin! Die Herzogin! Oh, meine lieben Pfoten!"
"Die hertogin! Die hertogin! O, my liewe pote!"
"Oh, mein Fell und meine Schnurrhaare!"
"O, my pels en snorbaarde!"
"Sie wird mich hinrichten lassen, da bin ich mir sicher"
"Sy sal my teregstel, ek is seker daarvan"
"Genauso sicher, wie Frettchen Frettchen sind!"
"Net so seker soos frette frette is!"
"Wo kann ich meine Sachen abgestellt haben, frage ich

mich?"

"Waar kan ek my goed laat val het, wonder ek?"

Alice erriet in einem Augenblick, was er suchte

Alice raai in 'n oomblik waarna hy soek

Er war auf der Suche nach dem Federfächer

Hy was op soek na die veerwaaier

Und er suchte nach dem Paar weißer Handschuhe

en hy was op soek na die paar wit handskoene

So machte sie sich sehr gutmütig auf die Suche nach den Handschuhen

So sy het baie goedhartig na die handskoene begin soek

Und sie suchte auch nach dem Federfächer

en sy het ook na die veerwaaier gesoek

Aber die Handschuhe und der Federfächer waren nirgends zu sehen

maar die handskoene en veerwaaier was nêrens te sien nie

Alles schien sich verändert zu haben, seit sie im Pool geschwommen war

Dit lyk asof alles verander het sedert sy in die swembad geswem het

Nichts war mehr so, wie es war, seit sie in der Großen Halle gewesen war

Niks was dieselfde sedert sy in die Groot Saal was nie

und der Glastisch war verschwunden

en die glastafel het verdwyn

Und die kleine Tür war auch nicht da

En die deurtjie was ook nie daar nie

Sehr bald bemerkte das Kaninchen Alice

Baie gou het die haas Alice opgemerk

rief er ihr in zornigem Ton zu

Hy roep haar op 'n kwaai toon

"Mary Ann, was machst du hier draußen?"

"Mary Ann, wat doen jy hier buite?"

"Lauf in diesem Moment nach Hause"

"Hardloop hierdie oomblik huis toe"

"Und hol mir ein Paar Handschuhe und einen Federfächer!"

"en haal vir my 'n paar handskoene en 'n veerwaaier!"

"Und beeil dich!"
"En wees vinnig daaroor!"
Alice sprach mit sich selbst, als sie davonrannte
Alice praat met haarself terwyl sy weghardloop
"Er muss mich für sein Hausmädchen gehalten haben!"
"Hy moes my as sy huisbediende verwar het!"
"Wie überrascht wird er sein, wenn er herausfindet, wer ich bin!"
"Hoe verbaas sal hy wees as hy uitvind wie ek is!"
Während sie dies sagte, stieß sie auf ein hübsches Häuschen
Terwyl sy dit sê, het sy op 'n netjiese huisie afgekom
An der Tür des Hauses hing eine helle Messingplatte
Op die deur van die huis was 'n helder koperplaat
"W. HASE"
"W. KONYN"
Sie trat ein, ohne an die Tür zu klopfen
Sy het ingegaan sonder om aan die deur te klop
und sie eilte geradewegs die Treppe hinauf
en sy haastig reguit boontoe
sie machte sich Sorgen, dass sie die echte Mary Ann treffen könnte
sy was bekommerd dat sy die regte Mary Ann sou ontmoet
denn dann würde sie aus dem Haus gejagt werden
want dan sou sy uit die huis gewys word
Und sie würde den Federfächer und die Handschuhe nicht finden können
en sy sou nie die veerwaaier en handskoene kon vind nie
Alice hatte den Weg in ein aufgeräumtes Kämmerlein gefunden
Alice het haar weg na 'n netjiese kamertjie gevind
Im Zimmer stand ein Tisch am Fenster
In die kamer was 'n tafel by die venster
und auf dem Tisch stand ein Federfächer
en op die tafel was 'n veerwaaier
Und da waren zwei oder drei Paar winzige weiße Handschuhe
en daar was twee of drie pare klein wit handskoene

Sie hob den Federfächer und ein Paar Handschuhe auf
Sy tel die veerwaaier en 'n paar van die handskoene op
und sie war eben im Begriff, das Zimmer zu verlassen
en sy was net op die punt om die kamer te verlaat
Aber dann fiel ihr Blick auf ein Fläschchen
maar toe val haar oë op 'n botteltjie
Sie entkorkte die Flasche und führte sie an ihre Lippen
Sy het die bottel ontkurk en dit op haar lippe gesit
"Ich hoffe, dass ich dadurch wieder groß werde"
"Ek hoop dit sal my weer groot laat word"
"Ich bin es leid, so ein winziges Ding zu sein!"
"Ek is moeg daarvoor om so 'n klein dingetjie te wees!"
Alice hatte kaum die halbe Flasche getrunken
Alice het skaars die helfte van die bottel gedrink
Ihr Kopf drückte bereits gegen die Decke
haar kop het reeds teen die plafon gedruk
und sie musste sich bücken
en sy moes buk
um ihr das Genick vor dem Genickbruch zu bewahren
om haar nek te red om gebreek te word
Hastig stellte sie die Flasche ab
Sy sit haastig die bottel neer
"Das reicht"
"Dis heeltemal genoeg"
"Ich hoffe, ich wachse nicht mehr"
"Ek hoop ek groei nie meer nie"
Leider! Es war zu spät, das zu wünschen!
Helaas! Dit was te laat om dit te wens!
Sie wuchs und wuchs weiter
Sy het aanhou groei en gegroei
und sehr bald musste sie sich auf den Boden knien
en baie gou moes sy op die vloer kniel
und selbst dann wuchs sie weiter
en selfs toe het sy aanhou groei
Als letztes Mittel streckte sie einen Arm aus dem Fenster
As 'n laaste hulpbron het sy een arm by die venster uitgesteek
und sie setzte einen Fuß auf den Schornstein

en sy het een voet teen die skoorsteen gesit
"Jetzt kann ich nicht mehr, was auch immer passiert"
"Nou kan ek nie meer doen nie, wat ook al gebeur"
»Was wird aus mir?«
"Wat sal van my word?"

Alice hatte Glück
Alice het 'n bietjie geluk gehad
Das kleine Zauberfläschchen hatte seine volle Wirkung entfaltet
Die klein towerbotteltjie het sy volle effek gehad
und Alice wurde nicht größer, als sie war
en Alice het nie groter geword as sy was nie
Nach ein paar Minuten hörte sie draußen eine Stimme
Na 'n paar minute hoor sy 'n stem buite
Und sie blieb stehen, um der Stimme zu lauschen
en sy stop om na die stem te luister
»Mary Ann! Mary Ann!« sagte die Stimme
"Mary Ann! Mary Ann!" sê die stem
"Hol mir gleich meine Handschuhe!"
"Haal my handskoene op hierdie oomblik!"
Dann ertönte ein leises Getrappel von Füßen auf der Treppe
Toe kom 'n bietjie gekletter van voete op die trappe

Alice wusste, dass es das Kaninchen war, das kam, um sie zu suchen

Alice het geweet dit is die haas wat haar kom soek

und sie zitterte, bis sie das Haus erschütterte

en sy het gebewe totdat sy die huis geskud het

Sie vergaß ganz, welche Proportionen sie hatte

sy het heeltemal vergeet wat haar verhoudings was

Sie war tausendmal so groß wie das Kaninchen

sy was duisend keer so groot soos die haas

und sie hatte keinen Grund, sich vor einem Kaninchen zu fürchten

en sy het geen rede gehad om bang te wees vir 'n haas nie

Bald kam das Kaninchen an die Tür heran

Kort daarna kom die haas by die deur

Und das kleine Kaninchen versuchte, die Tür zu öffnen

en die klein haas het probeer om die deur oop te maak

Die Tür begann sich nach innen zu öffnen

Die deur het na binne begin oopgaan

aber Alices Ellbogen wurde hart gegen die Tür gedrückt

maar Alice se elmboog is hard teen die deur gedruk

Dieser Versuch erwies sich als Fehlschlag

Daardie poging was 'n mislukking

Alice hörte, wie das Kaninchen mit sich selbst sprach

Alice het die haas met homself hoor praat

"Dann gehe ich herum und steige durch das Fenster ein"

"Dan sal ek rondgaan en deur die venster inkom"

"Das wirst du nicht!" dachte Alice

"Dat jy nie sal nie!" dink Alice

und sie wartete wieder ein wenig

en sy wag weer 'n bietjie

Bald hörte sie das Kaninchen gerade unter dem Fenster

gou hoor sy die haas net onder die venster

Plötzlich streckte sie ihre Hand aus

Sy skielik haar hand uitgesprei

Und sie machte einen Sprung in die Luft

en sy het 'n ruk in die lug gemaak

Sie bekam nichts in die Finger

Sy het niks in die hande gekry nie
aber sie hörte einen kleinen Schrei und einen Sturz
maar sy hoor 'n klein gil en 'n val
und sie hörte ein Krachen von zerbrochenem Glas
en sy het 'n botsing van gebreekte glas gehoor
Vielleicht war das Kaninchen gefallen
Miskien het die haas geval
Vielleicht war er in einem Gewächshaus
Miskien was hy in 'n kweekhuis
Dann ertönte eine zornige Stimme; Die Stimme des Kaninchens
Daarna kom 'n woedende stem; die haas se stem
"Pat, wo bist du?"
"Pat, waar is jy?"
Und dann ertönte eine Stimme, die sie noch nie zuvor gehört hatte
En toe kom 'n stem wat sy nog nooit vantevore gehoor het nie
"Euer Ehren, ich bin hier!"
"U eerbare, ek is hier!"
"Ich grabe nach Äpfeln"
"Ek grawe vir appels"
»Hier! Komm und hilf mir da raus!"
"Hier! Kom help my hieruit!"
»Nun sag mir, Pat, was ist das da im Fenster?«
"Vertel my nou, Pat, wat is dit in die venster?"
"Sicher, Euer Ehren, ich werde es Ihnen sagen"
"Sekerlik, u eerbare, ek sal u vertel"
"Das ist ein Arm, der im Fenster steckt!"
"Dit is 'n arm wat in die venster is!"
"Na ja, da hat ein Arm nichts zu suchen"
"Wel, 'n arm het geen besigheid daar nie"
"Geh und nimm den Arm weg!"
"Gaan haal die arm weg!"
Hierauf trat ein langes Schweigen ein
Daar was 'n lang stilte hierna
und Alice konnte nur ab und zu ein Flüstern hören
en Alice kon net nou en dan fluisteringe hoor

und endlich streckte sie die Hand wieder aus

en uiteindelik het sy weer haar hand uitgesteek

Und sie machte einen weiteren Sprung in die Luft

en sy het nog 'n ruk in die lug gemaak

Diesmal gab es zwei kleine Schreie

Hierdie keer was daar twee klein gille

und es gab noch mehr Geräusche von zerbrochenem Glas

en daar was meer geluide van gebreekte glas

"Ich möchte wohl wissen, was sie nun tun werden!" dachte Alice

"Ek wonder wat hulle volgende gaan doen!" dink Alice

"Ich wünschte, sie würden mich aus dem Fenster ziehen"

"Ek wens hulle sou my by die venster uittrek"

Sie wartete eine Weile

Sy wag 'n rukkie

aber eine Weile hörte sie nichts mehr

maar vir 'n rukkie het sy niks meer gehoor nie

Endlich ertönte das Rumpeln kleiner Rädchen

Uiteindelik het 'n gedreun van klein wieltjies gekom

Und da ertönten viele Stimmen

en daar het die geluid van 'n hele klomp stemme gekom

Alle Stimmen sprachen miteinander

al die stemme het saam gepraat

Sie konnte einige der Worte verstehen

Sy kon van die woorde uitmaak

"Wo ist die andere Leiter?"

"Waar is die ander leer?"

"Bill hat die andere Leiter"

"Bill het die ander leer"

"Bill, komm her!"

"Bill, kom hier!"

"Wird das Dach die Last tragen?"

"Sal die dak die vrag dra?"

"Wer will schon den Schornstein hinuntergehen?"

"Wie wil by die skoorsteen afgaan?"

»Nein, das werde ich nicht! Du machst es!"

"Nee, ek sal nie! Jy doen dit!"

»Hier, Bill!«
"Hier, Bill!"
"Der Meister sagt, du musst in den Schornstein hinunter!"
"Die meester sê jy moet by die skoorsteen afgaan!"
Alice zog ihren Fuß so weit den Schornstein hinab, wie sie konnte
Alice trek haar voet so ver as moontlik in die skoorsteen af
Und dann wartete sie, was kommen würde
en toe wag sy om te sien wat kom
Sie hörte ein kleines Tier kratzen und krabbeln
Sy hoor 'n klein dier krap en skarrel
Das Tierchen muss sich im Schornstein befinden
die diertjie moet in die skoorsteen wees
dann gab sie einen scharfen Tritt
toe gee sy een skerp skop
Und sie wartete ab, was als nächstes geschehen würde
en sy het gewag om te sien wat volgende sou gebeur
Sie hörte einen allgemeinen Chor von Stimmen
Sy het 'n algemene koor van stemme gehoor
"Da geht Bill!", sagten alle
"Daar gaan Bill!" het hulle almal gesê
Dann hörte sie allein die Stimme des Kaninchens
toe hoor sy die haas se stem alleen
"Du an der Hecke, fang ihn!"
"Jy by die heining, vang hom!"
Es trat wieder ein Augenblick des Schweigens ein
daar was nog 'n oomblik van stilte
Und dann gab es wieder ein Stimmengewirr
en toe was daar nog 'n verwarring van stemme
"Halt seinen Kopf hoch, Brandy"
"Hou sy kop op, Brandewyn"
"Pass auf, dass du ihn nicht würgst"
"Wees versigtig om hom nie te verstik nie"
"Was ist mit dir passiert?"
"Wat het met jou gebeur?"
Zuletzt kam eine kleine, schwache, quietschende Stimme
Laastens het 'n bietjie swak, piepende stem gekom

"Nun, ich weiß es kaum mehr"
"Wel, ek weet skaars nie meer nie"
"Danke euch allen, mir geht es jetzt besser"
"dankie almal, ek is nou beter"
"Es gibt eine Sache, an die ich mich erinnern kann"
"daar is een ding wat ek kan onthou"
"Irgendetwas kommt auf mich zu wie ein Zug im Tunnel"
"Iets kom na my toe soos 'n trein in 'n tonnel"
"Und ich fliege hoch wie eine Rakete!"
"en op vlieg ek soos 'n sky-vuurpyl!"
Es gab ein oder zwei Minuten des Schweigens
daar was 'n minuut of twee van stilte
Und dann fingen sie wieder an, sich zu bewegen
en toe begin hulle weer rondbeweeg
und Alice hörte das Kaninchen wieder sprechen
en Alice het die haas weer hoor praat
"Ein Karren voll reicht für den Anfang"
"'n Kruiwa sal doen, om mee te begin"
"Einen Karren voll wovon?" dachte Alice
"'n Kruiwa vol wat?" dink Alice
Aber sie wurde nicht lange in Atem gehalten
Maar sy is nie lank in spanning gehou nie
Ein Regen von kleinen Kieselsteinen drang durch das Fenster
'n reën klein klippies het deur die venster gekom
und einige der kleinen Kieselsteine trafen sie im Gesicht
en van die klippies het haar in die gesig getref
Alice wunderte sich über die kleinen Kieselsteine
Alice was verbaas oor die klippies
all die kleinen Kieselsteine verwandelten sich in Kuchen
al die klein klippies het in koeke verander
und eine glänzende Idee kam ihr in den Kopf
en 'n blink idee het in haar kop opgekom
"Einen von diesen Kuchen sollte ich essen"
"Ek moet een van hierdie koeke eet"
"Der Kuchen wird sicher etwas an meiner Größe ändern"
"Koek sal beslis 'n verandering in my grootte maak"

Also schluckte sie einen der Kuchen
So sluk sy een van die koeke
und sie freute sich, als sie feststellte, dass sie anfing zu schrumpfen
en sy was verheug om te vind dat sy begin krimp het
Bald war sie klein genug, um durch die Tür zu kommen
Gou was sy klein genoeg om by die deur in te kom
Sie rannte aus dem Haus
Sy het uit die huis gehardloop
Draußen wartete eine Menge kleiner Tiere und Vögel
'n skare diertjies en voëltjies het buite gewag
alle kleinen Vögel und Tiere stürzten sich auf Alice
al die voëltjies en diertjies het na Alice gejaag
aber sie rannte davon, so schnell sie konnte
maar sy het so vinnig as wat sy kon weggehardloop
und bald fand sie sich sicher in einem dichten Walde
en gou het sy haarself veilig in 'n digte bos bevind
Alice irrte im Walde umher
Alice het in die bos rondgedwaal
Und sie dachte bei sich:
en sy het by haarself gedink:
"Ich weiß, was ich zuerst zu tun habe"
"Ek weet wat ek eerste moet doen"
"erst muss ich wieder auf meine richtige Größe wachsen"
"eers moet ek weer tot my regte grootte groei"
"Und dann muss ich den Weg in diesen schönen Garten finden"
"en dan moet ek my weg in daardie lieflike tuin vind"
"Ich glaube, ich sollte irgendetwas essen oder trinken"
"Ek veronderstel ek behoort iets of iets te eet of te drink"
"Aber die Frage ist, was soll ich essen oder trinken?"
"maar die vraag is wat moet ek eet of drink?"
Alice blickte sich um und betrachtete die Blumen
Alice kyk rondom haar na die blomme
Und sie schaute durch die Grashalme hindurch
en sy het deur die grasshalms gekyk
aber sie konnte nichts zu essen und zu trinken sehen

maar sy kon niks sien om te eet of te drink nie

Nichts sah nach dem Richtigen zum Essen oder Trinken aus

niks het gelyk na die regte ding om te eet of te drink nie

In ihrer Nähe wuchs ein großer Pilz

Daar het 'n groot sampioen naby haar gegroei

der Pilz war ungefähr so groß wie Alice

die sampioen was omtrent dieselfde hoogte as Alice

Sie streckte sich auf den Zehenspitzen auf

Sy het haarself op tone uitgestrek

Und sie guckte über den Rand des Pilzes

en sy loer oor die rand van die sampioen

Ihre Augen trafen sofort die Augen einer großen blauen Raupe

Haar oë ontmoet dadelik die oë van 'n groot blou ruspe

Die Raupe saß auf der Spitze des Pilzes

Die ruspe het bo-op die sampioen gesit

und die Raupe hatte alle Arme gekreuzt

en die ruspe het al sy arms gekruis

Und er rauchte leise eine lange Wasserpfeife

en hy het rustig 'n lang waterpyp gerook

und er nahm nicht die geringste Notiz von irgendetwas

en hy het nie die geringste kennis geneem van enigiets nie

und er achtete gewiß nicht auf Alice

en hy het beslis nie aandag aan Alice gegee nie

Ratschläge von einer Raupe
Advies van 'n ruspe

Endlich nahm die Raupe die Shisha aus dem Maul
Uiteindelik het die ruspe die waterpyp uit sy mond gehaal
und er redete Alice mit einer trägen, schläfrigen Stimme an
en hy het Alice met 'n traag, slaperige stem aangespreek
"Wer bist du?" fragte die Raupe
"Wie is jy?" sê die ruspe

Alice antwortete etwas schüchtern: "Ich weiß es kaum, Sir."
Alice antwoord, taamlik skaam, "Ek weet skaars, meneer"
"Gerade im Moment ist alles ein bisschen..."
"Net op die oomblik is dit alles 'n bietjie ..."
"Ich weiß, wer ich war, als ich heute Morgen aufgestanden bin."
"Ek weet wie ek was toe ek vanoggend opgestaan het"
"aber ich glaube, ich muss mich seitdem mehrmals verändert haben"
"maar ek dink ek moes sedertdien verskeie kere verander het"
"Was meinst du damit?" sagte die Raupe
"Wat bedoel jy daarmee?" sê die ruspe

Streng forderte die Raupe sie auf, sich zu erklären
streng het die ruspe haar gevra om haarself te verduidelik
»Ich kann mich nicht erklären, fürchte ich, Sir«, sagte Alice
"Ek kan myself nie verduidelik nie, ek is bevrees, meneer," sê
Alice
"weil ich nicht ich selbst bin"
"omdat ek nie myself is nie"
**"Du siehst, es ist sehr verwirrend, so viele verschiedene
Größen an einem Tag zu haben"**
"Jy sien, om soveel verskillende groottes op 'n dag te wees, is
baie verwarrend"
Sie raffte sich auf und sagte sehr ernst:
Sy het haarself opgetrek en baie ernstig gesê:
"Ich denke, du solltest mir zuerst sagen, wer du bist"
"Ek dink jy moet my eers vertel wie jy is"
"Warum?" fragte die Raupe
"Hoekom?" sê die ruspe
Alice fiel kein guter Grund ein
Alice kon nie aan enige goeie rede dink nie
**und die Raupe schien sich in einem sehr unangenehmen
Gemütszustand zu befinden**
en dit lyk asof die ruspe in 'n baie onaangename
gemoedstoestand is
also wandte sie sich ab
toe draai sy weg
"Komm zurück!" rief ihr die Raupe nach
"Kom terug!" roep die ruspe agter haar aan
"Ich habe etwas Wichtiges zu sagen!"
"Ek het iets belangriks om te sê!"
Alice drehte sich um und kam wieder zurück
Alice draai om en kom weer terug
"Behalte die Fassung!" sagte die Raupe
"Hou jou humeur," sê die ruspe
»Ist das alles?« fragte Alice
"Is dit al?" sê Alice
und sie schluckte ihren Zorn hinunter, so gut sie konnte
en sy sluk haar woede so goed as wat sy kon

"Nein!" sagte die Raupe
"Nee," sê die ruspe
Die Raupe breitete ihre Arme aus
Die ruspe het sy arms oopgevou
Und er nahm die Shisha wieder aus dem Mund
en hy het die waterpyp weer uit sy mond gehaal
Und er sagte: "Du glaubst also, du bist verändert, oder?"
en hy het gesê: "So jy dink jy is verander, of hoe?"
»Ich fürchte, ich bin verändert, Sir,« sagte Alice
"Ek is bevrees, ek is verander, meneer," sê Alice
"Ich kann mich nicht mehr so an Dinge erinnern, wie ich sie
früher in Erinnerung hatte"
"Ek kan dinge nie onthou soos ek dit onthou het nie"
"Und ich bleibe nicht länger als zehn Minuten gleich groß!"
"en ek bly nie langer as tien minute dieselfde grootte nie!"
"Wie groß willst du sein?" fragte die Raupe
"Watter grootte wil jy wees?" vra die ruspe
»Oh, es ist mir nicht besonders wichtig, wie groß ich bin«,
erwiderte Alice hastig
"O, ek gee nie juis om watter grootte ek is nie," antwoord Alice
haastig
"Ich mag es einfach nicht, so oft die Größe zu wechseln,
weißt du"
"Ek hou net nie daarvan om so gereeld van grootte te verander
nie, weet jy"
"Ich würde gerne etwas größer sein, Sir"
"Ek wil graag 'n bietjie groter wees, meneer"
»wenn es dir nichts ausmacht,« fügte Alice hinzu
"as jy nie sou omgee nie," het Alice bygevoeg
"Zehn Zentimeter sind so eine erbärmliche Größe"
"Tien sentimeter is so 'n ellendige hoogte om te wees"
"Das ist wirklich eine sehr gute Höhe!" sagte die Raupe
ärgerlich
"Dit is inderdaad 'n baie goeie hoogte!" sê die ruspe woedend
und er richtete sich auf, während er sprach
en hy het regop opgestaan terwyl hy gepraat het
Er war genau zehn Zentimeter groß

Hy was presies tien sentimeter hoog
**In ein oder zwei Minuten war die Raupe vom Pilz
heruntergekommen**
Binne 'n minuut of twee het die ruspe van die sampioen
afgeklim
und er kroch ins Gras
en hy kruip weg in die gras
Als er sich entfernte, machte er einige kleine Bemerkungen
Toe hy weggaan, het hy 'n paar klein opmerkings gemaak
"Eine Seite lässt dich größer werden"
"Die een kant sal jou langer laat word"
"Und die andere Seite wird dich kleiner werden lassen"
"en die ander kant sal jou korter laat word"
"Eine Seite wovon?" dachte Alice bei sich
"Een kant van wat?" dink Alice by haarself
"Die andere Seite von was?"
"Die ander kant van wat?"
"Die Seite des Pilzes!" sagte die Raupe
"Die kant van die sampioen," sê die ruspe
Es war, als hätte sie ihre Frage laut gestellt
dit was asof sy haar vraag hardop gevra het
und im nächsten Augenblick war er außer Sichtweite
en in 'n ander oomblik was hy buite sig
Alice blieb stehen und betrachtete den Pilz nachdenklich
Alice bly nadenkend na die sampioen kyk
**Sie versuchte herauszufinden, welche die beiden Seiten des
Pilzes waren**
Sy het probeer uitvind wat die twee kante van die sampioen
was
Endlich streckte sie ihre Arme um den Pilz
Uiteindelik strek sy haar arms om die sampioen
und sie brach ein Stück der Ränder ab
en sy het 'n bietjie van die rande afgebreek
»Und nun, welche Seite ist welche?« fragte sie sich
"En nou, watter kant is wat?" het sy vir haarself gesê
**und sie knabberte ein wenig von dem Stück der rechten
Hand**

en sy knibbel 'n bietjie van die regterkantse bietjie

Im nächsten Augenblick spürte sie einen heftigen Schlag unter ihrem Kinn

Die volgende oomblik voel sy 'n hewige hou onder haar ken

Ihr Kinn hatte ihren Fuß getroffen!

haar ken het haar voet getref!

Sie war sehr erschrocken über diese sehr plötzliche Veränderung

Sy was baie bang vir hierdie baie skielike verandering

Sie schrumpfte sehr schnell

sy het baie vinnig gekrimp

Also aß sie schnell etwas von dem anderen Stück Pilz

so sy het vinnig van die ander bietjie sampioen geëet

Ihr Kinn war sehr eng gegen ihren Fuß gepresst

Haar ken was baie styf teen haar voet gedruk

Es war kaum Platz, um den Mund aufzumachen

daar was skaars plek om haar mond oop te maak

aber schließlich gelang es ihr, den Mund aufzumachen

maar sy het uiteindelik daarin geslaag om haar mond oop te maak

und sie schluckte einen Bissen von dem linken Stück

en sy sluk 'n stukkie van die linkerhandse bietjie

»mein Kopf ist endlich frei!« sagte Alice

"my kop is uiteindelik bevry!" sê Alice

Sie blickte an sich herunter

Sy kyk af na haarself

aber alles, was sie sehen konnte, war ein ungeheurer Hals

maar al wat sy kon sien, was 'n ontsaglike lengte nek

Ihr Hals schien sich wie ein Stiel zu erheben

Dit lyk asof haar nek soos 'n steel styg

Und sie blickte auf ein Meer von grünen Blättern hinab

en sy kyk af oor 'n see van groen blare

"Wo sind meine Schultern geblieben?"

"Waar het my skouers gekom?"

»Und ach, meine armen Hände, wie kommt es, daß ich euch nicht sehen kann?«

"En o, my arme hande, hoe is dit dat ek jou nie kan sien nie?"

Aber ihr Hals hatte einen Vorteil
Maar haar nek het wel een voordeel gehad
Sie konnte ihren Kopf in jede Richtung bewegen
sy kon haar kop in enige rigting beweeg
Tatsächlich war sie wie eine Schlange
trouens, sy was net soos 'n slang
Sie senkte anmutig ihren Kopf im Zickzack
Sy sigsag haar kop grasieus af
Und sie bewegte ihren Kopf durch die Bäume
en sy beweeg haar kop deur die bome
Aber dann hörte sie ein scharfes Zischen
maar toe hoor sy 'n skerp gesis
Und sie zog schnell den Kopf zurück
en sy trek vinnig haar kop terug
Eine große Taube war ihr ins Gesicht geflogen
'n Groot duif het in haar gesig gevlieg
und die Taube fuhr mit den Flügeln heftig zusammen
en die duif was gewelddadig met sy vlerke

»Schlange!« rief die Taube

"Slang!" roep die duif

"Ich bin keine Schlange!" sagte Alice entrüstet

"Ek is nie 'n slang nie!" sê Alice verontwaardig

"Laß mich in Ruhe!"

"Los my uit!"

"Ich habe die Wurzeln von Bäumen ausprobiert"

"Ek het die wortels van bome probeer"

"Und ich habe es mit Hecken versucht", fuhr die Taube fort

"en ek het heinings probeer," het die duif voortgegaan

»Aber diese Schlangen! Man kann es ihnen nicht recht machen!"

"Maar daardie slange! Daar is geen behaag om hulle te behaag nie!"

Alice war immer verwirrter

Alice was al hoe meer verbaas

"Als ob es nicht schon Mühe genug wäre, die Eier auszubrüten!" sagte die Taube

"Asof dit nie genoeg moeite was om die eiers uit te broei nie," sê die duif

"Tag und Nacht muss ich mich auch vor Schlangen in Acht nehmen!"

"Nag en dag moet ek ook op die uitkyk wees vir slange!"

"Ich hatte gerade den höchsten Baum im Wald gefunden"

"Ek het pas die hoogste boom in die bos gevind"

"Wäre ich hier sicher frei von Schlangen?"

"Ek sou sekerlik vry wees van slange hier?"

"Und heraus kommt eine Schlange vom Himmel!"

"En daar kom 'n slang uit die lug!"

"Aber ich bin keine Schlange, sage ich dir!" sagte Alice

"Maar ek is nie 'n slang nie, sê ek vir jou!" sê Alice

"Ich bin ein... Ich bin ein... Ich bin ein kleines Mädchen«, fügte sie etwas zweifelnd hinzu

"Ek is 'n ... Ek is 'n ... Ek is 'n dogtertjie," het sy nogal twyfelagtig bygevoeg

Schließlich hatte sie viele Veränderungen durchgemacht

Sy het immers deur baie veranderinge gegaan

"Du suchst Eier!" sagte die Taube

"Jy soek eiers," sê die duif

"Das weiß ich mit Sicherheit"

"Ek weet dit vir 'n feit"

**"Und was macht es aus, ob du ein kleines Mädchen oder
eine Schlange bist?"**

"En wat maak dit saak of jy 'n dogtertjie of 'n slang is?"

»Es liegt mir sehr viel daran,« sagte Alice hastig

"Dit maak baie saak vir my," sê Alice haastig

**"Aber ich bin nicht auf der Suche nach Eiern, wie es der
Zufall will"**

"maar ek soek nie eiers nie, soos dit gebeur"

"Und ich würde deine Eier sowieso nicht wollen"

"en ek sal in elk geval nie jou eiers wil hê nie"

"Ich mag meine Eier nicht roh"

"Ek hou nie van my eiers rou nie"

»Nun, dann fort!« sagte die Taube in mürrischem Tone

"Wel, gaan dan weg!" sê die duif op 'n nors toon

und die Taube ließ sich wieder in ihrem Nest nieder

en die duif het weer in sy nes gaan sit

Alice kauerte sich zwischen die Bäume, so gut sie konnte

Alice hurk so goed as wat sy kan tussen die bome

Ihr Hals verfing sich immer wieder zwischen den Ästen

haar nek het aanhoudend tussen die takke verstrengel geraak

**Hin und wieder musste sie anhalten und ihren Hals
aufdrehen**

Elke nou en dan moes sy stop en haar nek losdraai

Nach einer Weile erinnerte sie sich an den Pilz

Na 'n rukkie onthou sy die sampioen

Sie hielt die Pilzstücke noch immer in ihren Händen

Sy het nog steeds die stukkies sampioen in haar hande gehou

Und sie machte sich sehr vorsichtig an die Arbeit

en sy het baie versigtig aan die werk gegaan

Zuerst knabberte sie an einem Stück

Eers knibbel sy aan een stuk

Und dann knabberte sie an dem anderen Stück

en toe knibbel sy aan die ander stuk
Manchmal wurde sie größer
Soms het sy langer geword
und manchmal wurde sie kleiner
en soms het sy korter geword
Aber schließlich erreichte sie ihre übliche Größe
maar uiteindelik het sy haar gewone lengte bereik
Sie war schon seit einiger Zeit nicht mehr so groß wie sie selbst
sy was 'n geruime tyd nie haar eie lengte nie
So fühlte sich alles eine Zeit lang seltsam an
So alles het vir 'n rukkie vreemd gevoel
"Das nächste, was zu tun ist, ist, in diesen schönen Garten zu gehen"
"Die volgende ding om te doen is om in daardie pragtige tuin te kom"
»wie soll man das machen?«
"hoe moet dit gedoen word, wonder ek?"
Während sie dies sagte, stieß sie auf einen offenen Platz
Terwyl sy dit gesê het, het sy op 'n oop plek afgekom
Da war ein kleines Haus, etwas höher als einen Meter
daar was 'n huisie, 'n bietjie hoër as 'n meter
"Ich frage mich, wer in diesem kleinen Haus wohnt"
"Ek wonder wie in hierdie huisie woon"
"So groß wie ich bin, kann ich sicher nicht reingehen"
"Ek kan beslis nie so groot soos ek ingaan nie"
"Ich würde sie fürchterlich erschrecken!"
"Ek sal hulle verskriklik bang maak!"
Also knabberte sie wieder an dem kleinen Pilz
so sy knibbel weer aan die klein sampioen
Und bald brachte sie sich dreißig Zentimeter tief
en gou het sy haarself dertig sentimeter afgebring

Ein Schwein und etwas Pfeffer
'N en 'n bietjie peper

Ein oder zwei Minuten lang stand sie da und betrachtete das Haus

Vir 'n minuut of twee het sy na die huis gestaan en kyk

Plötzlich kam ein Lakai aus dem Walde gerannt

Skielik kom 'n lakei uit die bos aangehardloop

Er trug eine spezielle Livree-Uniform

Hy het 'n spesiale leweringsuniform gedra

Seinem Gesicht nach zu urteilen, hätte sie ihn einen Fisch genannt

Te oordeel aan sy gesig net, sou sy hom 'n vis genoem het

und er klopfte laut mit den Fingerknöcheln an die Tür

en hy klop hard aan die deur met sy kneukels

Die Tür wurde von einem anderen Lakaien geöffnet

Die deur is deur 'n ander lakei oopgemaak

Auch dieser Lakai trug eine besondere Livree

Hierdie lakei het ook 'n spesiale lewering gedra

Dieser Lakai hatte ein rundes Gesicht und große Augen wie ein Frosch

Hierdie lakei het 'n ronde gesig en groot oë soos 'n padda gehad

Der Lakai, der wie ein Fisch aussah, leitete die Zeremonie ein
Die lakei wat soos 'n vis gelyk het, het die seremonie begin
Er zog etwas unter seinem Arm hervor
Hy trek iets onder sy arm uit
Und er zog unter seinem Arm einen Umschlag hervor
en hy het 'n koevert onder sy arm uitgehaal
und diesen Umschlag übergab er dem andern Lakaien
en hierdie koevert het hy aan die ander lakei oorhandig
In zeremoniellem Tone teilte er ihm die Befehle mit
op 'n seremoniële toon het hy hom die bevele vertel
"Diese Botschaft ist für die Herzogin"
"Hierdie boodskap is vir die hertogin"
"Eine Einladung der Königin zum Krocketspielen"
"'n Uitnodiging van die koningin om kroket te speel"
Der Lakai, der wie ein Frosch aussah, wiederholte den Befehl
Die lakei wat soos 'n padda gelyk het, het die bevel herhaal
"Von der Königin"
"Van die koningin"
"Eine Einladung"
"'n uitnodiging"
"für die Herzogin"
"vir die hertogin"
"Krocket spielen"
"Speel kroket"
Dann verbeugten sie sich beide tief
Toe buig hulle albei laag
und die Locken in ihren Perücken verwickelten sich ineinander
en die krulle in hul pruike het aan mekaar verstrengel geraak
Bald war der Lakai, der wie ein Fisch aussah, verschwunden
Gou was die lakei wat soos 'n vis gelyk het, weg
Aber der Lakai, der wie ein Frosch aussah, war immer noch da
maar die lakei wat soos 'n padda gelyk het, was nog steeds daar

Er saß auf dem Boden in der Nähe der Tür

Hy het op die grond naby die deur gesit

Er starrte dumm in den Himmel

hy staar dom in die lug op

Alice ging schüchtern zur Tür und klopfte

Alice het skugter na die deur gegaan en geklop

»Es hat keinen Zweck, anzuklopfen,« sagte der Lakai

"Daar is geen nut om te klop nie," sê die lakei

"Und das aus zwei Gründen"

"En dit is om twee redes"

"Erstens, weil ich auf der gleichen Seite der Tür stehe wie du"

"Eerstens, omdat ek aan dieselfde kant van die deur as jy is"

"Zweitens, weil sie drinnen so viel Lärm machen"

"Tweedens, omdat hulle soveel geraas binne maak"

"Niemand könnte dich hören"

"Niemand kon jou moontlik hoor nie"

Und es war gewiß ein höchst merkwürdiger Lärm im Innern

En daar was beslis 'n buitengewone geraas aan die gang binne

ein ständiges Heulen und Niesen

'n konstante gehuil en nies

und ab und zu ein Geräusch von großem Krachen

en elke nou en dan 'n geluid van groot gestamp

als ob eine Schüssel oder ein Wasserkocher in Stücke zerbrochen wäre

asof 'n skottel of ketel in stukke gebreek is

"Wie soll ich da reinkommen?" fragte Alice

"Hoe moet ek inkom?" vra Alice

»Wollen Sie überhaupt hineinkommen?« fragte der Lakai

"Moet jy enigsins inklim?" sê die lakei

"Das ist die erste Frage, weißt du"

"Dit is die eerste vraag, jy weet"

Alice öffnete die Tür und trat ein

Alice maak die deur oop en gaan in

Die Tür führte direkt in eine große Küche

Die deur lei reguit na 'n groot kombuis

Die Küche war von einem Ende bis zum anderen voller

Rauch
Die kombuis was vol rook van die een kant na die ander
in der Mitte der Küche saß die Herzogin
in die middel van die kombuis was die hertogin
Sie saß auf einem dreibeinigen Hocker
Sy het op 'n driepootstoel gesit
und sie stillte ein Baby
en sy het 'n baba geverpleeg
Die Köchin beugte sich über das Feuer
Die kok leun oor die vuur
Er rührte einen großen Kessel
Hy het 'n groot ketel geroer
und der Kessel schien mit Suppe gefüllt zu sein
en dit lyk asof die ketel vol sop is
"Da ist sicher zu viel Pfeffer drin!" sagte Alice zu sich selbst
"Daar is beslis te veel peper in daardie sop!" Sê Alice vir
haarself
Sie sagte es, so gut sie konnte, ohne zu niesen
Sy het dit so goed as moontlik gesê sonder om te nies
Sogar die Herzogin nieste gelegentlich
Selfs die hertogin het af en toe nies
**Aber die Handlungen des Babys waren am
bemerkenswertesten**
Maar die baba se optrede was die opmerklikste
Das Baby nieste und heulte abwechselnd
Die baba nies en huil afwisselend
**Es gab keinen Augenblick Pause zwischen Heulen und
Niesen**
daar was nie 'n oomblik se pouse tussen gehuil en nies nie
Es gab zwei Kreaturen in der Küche, die nicht niesten
Daar was twee wesens in die kombuis wat nie nies het
Die Köchin war zu beschäftigt, um zu niesen
Die kok was te besig om te nies
**Und die große Katze schien sich nicht an dem Pfeffer zu
stören**
en dit lyk asof die groot kat nie omgee vir die peper nie
Stattdessen grinste die große Katze von einem Ohr zum

anderen
In plaas daarvan glimlag die groot kat van oor tot oor
»Bitte, würdest du es mir sagen,« sagte Alice ein wenig
schüchtern
"Wil jy my asseblief vertel," sê Alice, 'n bietjie skugter
"Warum grinst deine Katze so?"
"Hoekom glimlag jou kat so?"
»Es ist eine Cheshire-Katze,« sagte die Herzogin
"Dit is 'n Cheshire-Cat," sê die hertogin
"Und deshalb grinst er von Ohr zu Ohr"
"En dit is hoekom hy van oor tot oor glimlag"
"Ich wusste nicht, dass eine Cheshire-Katze immer grinst"
"Ek het nie geweet dat 'n Cheshire-Cat altyd glimlag nie"
"Eigentlich wusste ich nicht, dass Katzen grinsen können",
sagte Alice
"Trouens, ek het nie geweet dat katte kan glimlag nie," het
Alice gesê
»Es gibt vieles, was Sie nicht wissen,« sagte die Herzogin
"daar is baie wat jy nie weet nie," sê die hertogin
"Es gibt vieles, was man nicht weiß, und das ist eine
Tatsache"
"Daar is baie wat jy nie weet nie en dit is 'n feit"
In diesem Augenblick nahm die Köchin den Kessel mit der
Suppe vom Feuer
Net toe haal die kok die ketel sop van die vuur af
Und sogleich fing sie an, alles in ihre Reichweite zu werfen
en dadelik het sy alles binne haar bereik begin gooi
sie warf alles, was sie konnte, auf die Herzogin und das
Baby
sy het alles wat sy kon na die hertogin en die baba gegooi
Zuerst warf sie die Feuereisen
Eers het sy die vuurysters gegooi
Dann warf sie eine Handvoll Töpfe
Toe gooi sy 'n handvol kastrolle
und schließlich warf sie die Teller und Schüsseln
en uiteindelik gooi sy die borde en skottelgoed
Die Herzogin nahm keine Notiz von ihr

Die hertogin het geen kennis van haar geneem nie
Selbst als sie von einem Teller getroffen wurde, machte sie sich keine Sorgen
Selfs toe sy deur 'n bord getref is, was sy nie bekommerd nie
Das Baby heulte schon so viel
Die baba het al so baie gehuil
Es war also unmöglich zu sagen, ob die Schläge das Baby verletzt haben oder nicht
Dit was dus onmoontlik om te sê of die houe die baba seergemaak het of nie
"Oh, gib bitte acht, was du tust!" rief Alice
"O, let asseblief op wat jy doen!" roep Alice
und sie sprang in Todesangst des Entsetzens auf und ab
en sy het op en af gespring in 'n pyn van vrees
die Herzogin bot Alice das Baby an
die hertogin het Alice die baba aangebied
»Hier! Du kannst das Kind ein wenig stillen, wenn du willst!«
"Hier! Jy kan die baba 'n bietjie soog, as jy wil!"
Und sie schleuderte das Kind nach ihr, während sie sprach
en sy gooi die baba na haar toe terwyl sy praat
"Ich muss gehen und mich darauf vorbereiten, mit der Königin Krocket zu spielen"
"Ek moet gaan en gereed maak om kroket met die koningin te speel"
und sie eilte aus dem Zimmer
en sy haastig uit die kamer
Alice fing das Baby mit einiger Mühe auf
Alice het die baba met moeite gevang
weil es ein sehr seltsam geformtes kleines Wesen war
want dit was 'n baie vreemde klein wese
Und das Kind streckte seine Arme und Beine nach allen Richtungen aus
en die baba het sy arms en bene in alle rigtings uitgesteek
"Das Kind nehme ich lieber mit!" dachte Alice
"Ek moet beter hierdie kind saamneem," dink Alice
"Sie werden dieses Baby sicher in ein oder zwei Tagen

töten"
"Hulle sal sekerlik hierdie baba binne 'n dag of twee doodmaak"
"Wäre es nicht Mord, dieses Baby zurückzulassen?"
"Sou dit nie moord wees om hierdie baba agter te laat nie?"
Sie sprach die letzten Worte laut aus
Sy het die laaste woorde hardop gesê
Und das kleine Ding grunzte als Antwort
en die klein dingetjie grom in antwoord
"Du verwandelst dich am besten nicht in ein Schwein, meine Liebe!" sagte Alice
"Jy moet beter nie in 'n verander nie, my skat," sê Alice
"sonst habe ich nichts mehr mit dir zu tun"
"anders het ek niks meer met jou te doen nie"
Alice fing eben an, bei sich selbst zu denken:
Alice het net by haarself begin dink:
»Nun, was soll ich mit diesem Geschöpf anfangen, wenn ich es nach Hause bringe?«
"Nou, wat moet ek met hierdie wese doen as ek dit by die huis kry?"
Aber dann grunzte das kleine Geschöpf ein wenig heftig
maar toe grom die klein wese 'n bietjie gewelddadig
und Alice sah ihm erschrocken ins Gesicht
en Alice kyk in sy gesig af in 'n mate van ontsteltenis
Diesmal konnte es keinen Irrtum geben
Hierdie keer kon daar geen fout daaroor wees nie
Es war nicht mehr und nicht weniger als ein Schwein
dit was nie meer of minder as 'n nie
Da setzte sie das kleine Geschöpf ab
toe sit sy die klein diertjie neer
und das kleine Geschöpf trabte leise in den Wald hinein
en die klein wese draf stil weg in die bos
Alice war ziemlich erleichtert, als sie die Kreatur verschwinden sah
Alice was baie verlig om die wese te sien gaan
Alice erschrak ein wenig, als sie die Cheshire-Katze sah
Alice was 'n bietjie geskrik toe sy die Cheshire-Cat sien

Er saß auf einem Ast eines Baumes, ein paar Meter entfernt
dit het op 'n tak van 'n boom 'n paar meter verder gesit
Die Katze grinste nur, als sie sie sah
Die kat glimlag net toe hy haar sien
»Cheshire-Katze,« begann Alice etwas schüchtern
"Cheshire-kat," begin Alice, nogal skugter
»Würden Sie mir bitte sagen, welchen Weg ich von hier aus einschlagen soll?«
"Sal jy asseblief vir my sê watter kant toe ek van hier af moet gaan?"
"In diese Richtung", sagte die Katze
"In daardie rigting," het die kat gesê
Und er fuchtelte mit der rechten Pfote herum
en dit waai die regterpoot rond
"In dieser Richtung lebt ein Hutmacher"
"In daardie rigting woon 'n maker van hoede"
Und dann winkte die Katze mit der anderen Pfote
en toe waai die kat sy ander poot
"Und in dieser Richtung wohnt ein Märzhase"
"en in daardie rigting woon 'n maarthaas"
»Besuchen Sie, wen Sie wollen; Sie sind beide verrückt"
"Besoek óf jy wil; hulle is albei kwaad"
»Aber ich will nicht unter Verrückte gehen«, bemerkte Alice
"Maar ek wil nie tussen mal mense gaan nie," het Alice opgemerk
"Ach, dafür kannst du nicht helfen!" sagte die Katze
"O, jy kan dit nie help nie," sê die kat
"Wir sind alle verrückt hier"
"Ons is almal mal hier"
"Spielst du heute Krocket mit der Queen?"
"Speel jy vandag kroket met die koningin?"
"Das würde ich sehr gerne!" sagte Alice
"Ek wil baie graag," sê Alice
"aber ich bin noch nicht eingeladen worden"
"maar ek is nog nie genooi nie"
"Du wirst mich dort sehen!" sagte die Katze
"Jy sal my daar sien," sê die kat

**Und von einem Augenblick auf den anderen verschwand
die Katze**

en van die een oomblik na die volgende het die kat verdwyn

bald kam Alice in Sichtweite des Hauses des Märzhasen

gou het Alice die huis van die maarthaas in sig gekry

Das war ein sehr großes Haus

Dit was 'n baie groot huis

Alice wollte also nicht in die Nähe des Hauses gehen

so Alice wou nie naby die huis gaan nie

**Zuerst musste sie noch etwas von dem linken Stück Pilz
knabbern**

Eers moes sy nog 'n bietjie van die linkerkant sampioen
knibbel

Eine verrückte Teeparty
'n mal teepartytjie

Vor dem Haus stand ein Baum
Voor die huis was daar 'n boom
Und unter dem Baum stand ein Tisch
en onder die boom was daar 'n tafel
und der Tisch war mit allerlei Besteck gedeckt
en die tafel was gedek met allerhande eetgerei
Der Märzhase und der Hutmacher saßen bei Tisch
Die Maarthaas en die hoedemaker was aan tafel
und zusammen tranken sie Tee
en saam het hulle tee gedrink
Ein Siebenschläfer saß zwischen ihnen
'n slaapmuis het tussen hulle gesit
und der Siebenschläfer schlief fest
en die slaapmuis was vas aan die slaap
Der Tisch war von außergewöhnlicher Größe
Die tafel was van buitengewone grootte
Aber der größte Teil des Tisches war unbesetzt
maar die grootste deel van die tafel was onbeset
Sie saßen dicht gedrängt an einer Ecke des Tisches
Hulle het saamgedrom by die een hoek van die tafel gesit
und doch entschuldigten sie sich, als sie Alice sahen
en tog het hulle verskonings gemaak toe hulle Alice sien
»Kein Platz! Kein Platz!« schrien sie
"Geen plek nie! Geen plek nie!" het hulle uitgeroep
»Es ist viel Platz!« sagte Alice entrüstet
"Daar is genoeg plek!" sê Alice verontwaardig
An einem Ende des Tisches stand ein großer Sessel
Aan die een kant van die tafel was daar 'n groot leunstoel
und Alice setzte sich in den Sessel
en Alice sit haarself in die leunstoel
Der Hutmacher riss die Augen weit auf
Die hoedemaker het sy oë baie wyd oopgemaak
Er konnte nicht glauben, was er da sah
Hy kon nie glo wat hy sien nie
aber sein Geist war neugierig auf andere Dinge

maar sy gedagtes was nuuskierig oor ander dinge

»Warum ist ein Rabe wie ein Schreibtisch?«

"Waarom is 'n raaf soos 'n skryftafel?"

Alice war offen für die Herausforderung

Alice was oop vir die uitdaging

"Ich bin froh, dass sie angefangen haben, Rätsel zu stellen"

"Ek is bly hulle het raaisels begin vra"

»Ich glaube, das kann ich erraten«, fügte sie laut hinzu

"Ek glo ek kan dit raai," het sy hardop bygevoeg

Der Märzhase wurde neugierig auf Alice

Die marshaas het nuuskierig geword oor Alice

"Glaubst du wirklich, dass du die Antwort finden kannst?"

"Dink jy regtig jy kan die antwoord vind?"

»Ich glaube, ich kann die Antwort finden,« sagte Alice

"Ek dink ek kan inderdaad die antwoord vind," sê Alice

»Dann sollst du sagen, was du meinst,« fuhr der Märzhase fort

"Dan moet jy sê wat jy bedoel," het die marshaas voortgegaan

»Ich sage, was ich meine,« erwiderte Alice hastig

"Ek sê wat ek bedoel," antwoord Alice haastig

"Zumindest meine ich ernst, was ich sage"

"ten minste bedoel ek wat ek sê"

"Das ist dasselbe, weißt du"

"Dit is dieselfde ding, jy weet"

Auch der Siebenschläfer trug zu dem Gespräch bei

Die slaapmuis het ook bygedra tot die gesprek

Aber der Siebenschläfer schien im Schlaf zu sprechen

maar dit lyk asof die slaapmuis in sy slaap praat

"Ich atme, wenn ich schlafe"

"Ek haal asem as ek slaap"

"Ich schlafe, wenn ich atme!"

"Ek slaap as ek asemhaal!"

"Man könnte genauso gut sagen, dass sie auch gleich sind"

"Jy kan net sowel sê hulle is ook dieselfde"

"So ist es auch bei dir!" sagte der Hutmacher

"Dit is dieselfde ding met jou," sê die hoedemaker

und er goß ein wenig Tee über die Nase des Siebenschläfers

en hy gooi 'n bietjie tee op die slaapmuis se neus
Das Murmelthier schüttelte ungeduldig den Kopf
Die slaapmuis skud ongeduldig sy kop
Und wieder sprach das Murmelmaus, ohne die Augen zu öffnen
en weer het die slaapmuis gepraat, sonder om sy oë oop te maak
"Natürlich, natürlich ist es dasselbe"
"Natuurlik is dit dieselfde"
"Das wollte ich ja auch sagen"
"dit is net wat ek self gaan sê"

Der Hutmacher wandte sich an Alice und stellte eine weitere Frage
Die hoedemaker draai na Alice en vra nog 'n vraag
"Hast du das Rätsel schon erraten?"
"Het jy al die raaisel geraai?"
"Nein, ich gebe auf", gab Alice zu
"Nee, ek gee moed op," het Alice toegegee
"Was ist die Antwort?", wollte sie wissen
"Wat is die antwoord?" wou sy weet
»Ich habe nicht die geringste Ahnung,« sagte der Hutmacher

"Ek het nie die geringste idee nie," sê die hoedemaker
"Ich weiß es auch nicht!" sagte der Märzhase
"Ek weet ook nie," sê die marshaas
Alice stieß einen müden Seufzer aus
Alice sug moeë
"Es gibt eine bessere Nutzung der Zeit als Rätsel ohne Antworten"
"Daar is beter gebruike van tyd as raaisels sonder antwoorde"
»Trinken Sie noch etwas Tee,« sagte der Märzhase sehr ernst zu Alice
"Drink nog 'n bietjie tee," sê die marshaas vir Alice, baie ernstig
Alice war ziemlich beleidigt über das Angebot
Alice was nogal beledig deur die aanbod
»Ich habe noch keinen Tee getrunken,« erwiderte Alice
"Ek het nog nie tee gedrink nie," antwoord Alice
"Deshalb kann ich keinen Tee mehr trinken"
"daarom kan ek nie meer tee drink nie"
»Du meinst, weniger Tee kannst du nicht haben«, sagte der Hutmacher
"Jy bedoel jy kan nie minder tee drink nie," sê die hoedemaker
"Es ist sehr einfach, mehr als nichts zu nehmen"
"Dit is baie maklik om meer as niks te neem nie"
Bei diesen Worten erhob sich Alice und ging fort
Hierop het Alice opgestaan en weggestap
Der Siebenschläfer schlief augenblicklich ein
Die slaapmuis het onmiddellik aan die slaap geraak
und keiner der andern nahm die geringste Notiz davon, daß sie ging
en nie een van die ander het die minste kennis geneem van haar vertrek nie
obwohl sie ein- oder zweimal zurückblickte
alhoewel sy een of twee keer teruggekyk het
Sie versuchten, den Siebenschläfer in die Teekanne zu stecken
Hulle het probeer om die slaapmuis in die teepot te sit
"Jedenfalls werde ich nie wieder dorthin gehen!" sagte Alice

"Ek sal in elk geval nooit weer soontoe gaan nie!" sê Alice
Und sie ging ihren Weg durch den Wald
en sy het haar pad deur die bos gestap
"Das war die dümmste Teeparty, auf der ich je war"
"dit was die domste teepartytjie waarby ek nog ooit was"
Gerade als sie das sagte, bemerkte sie etwas
Net toe sy dit sê, het sy iets opgemerk
Einer der Bäume hatte eine Tür, die direkt hineinführte
een van die bome het 'n deur gehad wat reg daarin gelei het
»Das ist sehr interessant!« dachte sie
"Dis baie interessant!" het sy gedink
"Ich denke, ich kann genauso gut durch die Tür gehen"
"Ek dink ek kan net sowel deur die deur gaan"
Und durch die Tür ging sie
En deur die deur het sy gegaan
Wieder befand sie sich in der langen Halle
Weereens bevind sy haarself in die lang saal
Wieder stand sie dicht an dem kleinen Glastisch
Weer was sy naby die klein glastafeltjie
Sie nahm den kleinen goldenen Schlüssel
Sy het die klein goue sleutel geneem
und sie schloß die Tür auf, die in den Garten führte
en sy het die deur oopgesluit wat na die tuin gelei het
Dann machte sie sich daran, an dem Pilz zu knabbern
Toe begin sy aan die werk om aan die sampioen te peusel
Sie hatte ein Stück des Pilzes in ihrer Tasche aufbewahrt
Sy het 'n stukkie van die sampioen in haar sak gehou
Und schließlich war sie etwa einen Meter groß
en uiteindelik was sy omtrent 'n meter lank
dann ging sie den kleinen Korridor hinunter
toe stap sy in die gangjie af
Und dann fand sie sich endlich in dem schönen Garten wieder
en toe bevind sy haarself uiteindelik in die pragtige tuin
Und sie war zwischen den hellen Blumen und den kühlen Springbrunnen
en sy was tussen die helder blom en die koel fonteine

Der Krocketplatz der Königinnen
Die koningin se kroketgrond

Ein großer Rosenstrauch stand in der Nähe des Eingangs des Gartens

'n Groot roosboom het naby die ingang van die tuin gestaan

Die Rosen, die an dem Baum wuchsen, waren weiß

Die rose wat aan die boom gegroei het, was wit

aber es waren drei Gärtner, die die Rose bemalten

Maar daar was drie tuiniers wat die roos geverf het

Sie waren damit beschäftigt, die Rosen rot zu färben

Hulle was besig om die rose rooi te verf

und Alice sah zu, wie sie die Rosen rot färbten

en Alice kyk hoe hulle die rose rooi verf

und plötzlich fielen ihre Augen zufällig auf Alice

en skielik val hul oë toevallig op Alice

Alice sprach ein wenig schüchtern

Alice praat 'n bietjie skugter

»Würden Sie es mir bitte sagen?«

"Sal jy my asseblief vertel;"

"Warum malt ihr alle diese Rosen?"

"Hoekom skilder julle almal daardie rose?"

Fünf und Sieben sagten nichts, sondern sahen zwei an

vyf en sewe het niks gesê nie, maar na twee gekyk

zwei Sprecher, mit leiser Stimme

Twee het met 'n lae stem gepraat

»Nun, die Sache ist die, sehen Sie, gnädige Frau.«

"Hoekom, die feit is, jy sien, mevrou"

"Das hier hätte ein roter Rosenstrauch sein sollen"

"Dit hier moes 'n rooi roosboom gewees het"

"Und wir haben aus Versehen einen weißen Rosenstrauch hineingesetzt"

"en ons het per ongeluk 'n wit roosboom ingesit"

"Wie Sie mir zustimmen würden, darf die Königin es nicht herausfinden"

"Soos jy sou saamstem, moet die koningin nie uitvind nie"

"Sonst würden wir uns allen die Köpfe abschneiden"

"anders sou ons almal ons koppe afgekap hê"

"Sie sehen also, gnädige Frau, wir tun unser Bestes"
"So jy sien, mevrou, ons doen ons bes"
Karte fünf hatte ängstlich über den Garten geschaut
Kaart vyf het angstig oor die tuin gekyk
**In diesem Augenblick rief die fünfte Karte: "Die Königin!
Die Königin!"**
Op hierdie oomblik het kaart vyf uitgeroep: "Die koningin!
Die koningin!"
und die drei Gärtner eilten augenblicklich davon
en die drie tuiniers skarrel onmiddellik weg
und sie warfen sich flach auf ihre Gesichter
en hulle het hulself plat op hul gesigte gegooi
Man hörte das Geräusch vieler Schritte
Daar was 'n geluid van baie voetstappe
Alice sah sich um, begierig darauf, die Königin zu sehen
Alice kyk rond, gretig om die koningin te sien
Am Anfang des Zuges standen zehn Soldaten
Aan die begin van die optog was tien soldate
Ihre Hände und Füße waren in den Ecken
hul hande en voete was in die hoeke
und in ihren Händen und Füßen waren Keulen
en in hulle hande en voete was knuppels
Als nächstes kamen die zehn Höflinge
Daarna het die tien hofdienaars gekom
**die Höflinge waren über und über mit Diamanten
geschmückt**
die hofdienaars was oraloor versier met diamante
Nach den Höflingen kamen die königlichen Kinder
Na die hofdienaars het die koninklike kinders gekom
Es waren zehn der königlichen Kinder
Daar was tien van die koninklike kinders
und alle königlichen Kinder waren mit Herzen geschmückt
en al die koninklike kinders was versier met harte
Dann kamen die Gäste; Meist Könige und Königinnen
Volgende het die gaste gekom; meestal konings en koninginne
und unter den Königen und Königinnen sah Alice jemanden
en tussen die konings en koningin Alice het iemand gesien

Sie sah wieder das weiße Kaninchen, das sie gejagt hatte
Sy sien weer die wit haas wat sy gejaag het
Der Prozession folgte der Spitzbube der Herzen
Die optog is gevolg deur die knav of harte
Er trug die Krone des Königs
Hy het die koning se kroon gedra
und die Krone des Königs lag auf einem purpurnen Samtkissen
en die koning se kroon was op 'n bloedrooi fluweelkussing
Und dann kam das Ende dieser großen Prozession
en toe kom die einde van hierdie groot optog
Und da waren am Ende der König und die Königin der Herzen
en daar aan die einde was die koning en koningin van harte
der Zug kam Alice gegenüber
die optog het teenoor Alice gekom
Und alle blieben stehen und sahen sie an
en hulle het almal gestop en na haar gekyk
Und die Königin sprach streng: "Wer ist das?"
en die koningin sê ernstig: "Wie is dit?"
Sie sagte es zum Herzknaben
Sy het dit vir die Knave of Hearts gesê
aber er verbeugte sich nur und lächelte als Antwort
maar hy het net gebuig en geglimlag in antwoord
Alice sprach sehr höflich
Alice het baie beleefd gepraat
"Mein Name ist Alice, also bitte, Eure Majestät"
"My naam is Alice, so asseblief u majesteit"
Aber sie hatte andere Gedanken für sich
maar sy het ander gedagtes vir haarself gehad
"Es ist doch nur ein Kartenspiel!"
"Hulle is tog net 'n pak kaarte!"
»Kannst du Krocket spielen?« rief die Königin
"Kan jy kroket speel?" skree die koningin
Die Frage war offenbar an Alice gerichtet
Die vraag was klaarblyklik vir Alice bedoel
"Ja!" sagte Alice laut

"Ja!" sê Alice hard
"Komm also spielen!" brüllte die Königin
"Kom speel dan!" brul die koningin
sprach eine schüchterne Stimme zu Alice
'n skugter stem het met Alice gepraat
"Es ist ein sehr schöner Tag!"
"Dit is 'n baie mooi dag!"
Sie ging an dem weißen Kaninchen vorbei
Sy het by die wit haas geloop
und das weiße Kaninchen guckte ihr ängstlich ins Gesicht
en die Wit Konyn loer angstig in haar gesig
»ein sehr schöner Tag,« bestätigte Alice
"'n baie mooi dag inderdaad," bevestig Alice
»Wo ist die Herzogin?«
"Waar is die hertogin?"
»Still! Still!" sagte das Kaninchen
"Stil! Stil!" sê die haas
"Sie ist zum Tode verurteilt"
"Sy is onder teregstellingsvonnis"
»Wofür wird sie hingerichtet?« fragte Alice
"Waarvoor word sy tereggestel?" vra Alice
"Sie hat der Königin die Ohren abgewetzt", begann das Kaninchen
"Sy het die koningin se ore geskuur," het die haas begin
schrie die Königin mit Donnerstimme
Die koningin skree met 'n stem van donderweer
"Ran an eure Plätze!"
"Kom na jou plekke!"
Und die Leute rannten in alle Richtungen herum
en mense het in alle rigtings begin rondhardloop
Und sie fielen alle aneinander
en hulle het almal teen mekaar getuimel
Sie hatten sich jedoch in ein oder zwei Minuten beruhigt
Hulle het egter binne 'n minuut of twee gevestig
Und dann begann das Spiel
En toe begin die speletjie
Alice hatte noch nie einen so merkwürdigen Krocketplatz

gesehen
Alice het nog nooit so 'n eienaardige kroketgrond gesien nie
Das Gras bestand nur aus Graten und Furchen
die gras was almal rante en vore
Die Krocketbälle waren echte Igel
Die kroketballe was regte krimpvarkies
und die Schlägel waren echte Flamingos
en die hamers was regte flaminke
und die Soldaten standen auf Händen und Füßen
en die soldate het op hul hande en voete gestaan
weil die Bögen aus ihren Körpern gemacht wurden
omdat die boë van hul liggame gemaak is
Die Spieler spielten alle gleichzeitig
Die spelers het almal gelyktydig gespeel
Niemand wartete, bis er an der Reihe war
niemand het gewag vir hul beurte nie
und jeder stritt sich mit jedem
en almal het met almal getwis
und alle kämpften für die Igel
en almal het vir die krimpvarkies geveg
Bald geriet die Königin in eine wütende Leidenschaft
Gou was die koningin in 'n woedende passie
Und sie fing an, herumzustampfen und zu schreien
en sy begin rondstamp en skree
»Hacken Sie ihm den Kopf ab!«
"Kap sy kop af!"
"Hack ihr den Kopf ab!"
"Kap haar kop af!"
"Hackt ihnen alle Köpfe ab!"
"Kap al hul koppe af!"
Wieder dachte Alice bei sich.
Weer dink Alice by haarself
"Sie lieben es schrecklich, hier Menschen zu enthaupten"
"Hulle is vreeslik lief daarvoor om mense hier te onthoof"
**"Das große Wunder ist, dass überhaupt noch jemand am
Leben ist!"**
"Die groot wonder is dat daar iemand oor is!"

Sie sah sich nach einem Ausweg um
Sy het rondgekyk na 'n manier om te ontsnap
Sie bemerkte eine merkwürdige Erscheinung in der Luft
Sy het 'n nuuskierige voorkoms in die lug opgemerk
»Es ist die Cheshire-Katze,« sagte sie zu sich selbst
"Dit is die Cheshire-kat," sê sy vir haarself
"Jetzt habe ich jemanden, mit dem ich reden kann"
"nou sal ek iemand hê om mee te praat"
"Wie geht es dir?" fragte die Katze
"Hoe gaan dit met jou?" sê die kat
**»Ich glaube nicht, daß sie ganz und gar fair spielen«, sagte
Alice**
"Ek dink glad nie hulle speel regverdig nie," het Alice gesê
Und sie hatte einen ziemlich klagenden Ton
en sy het 'n taamlik klaende toon gehad
"Sie streiten sich alle so fürchterlich"
"Hulle stry almal so verskriklik"
"Man hört sich selbst nicht sprechen"
"'n mens kan jouself nie hoor praat nie"
**"Und sie scheinen sich nicht an irgendwelche Regeln zu
halten"**
"en dit lyk asof hulle nie volgens enige reëls speel nie"
die Katze stellte Alice mit leiser Stimme eine Frage
die kat het Alice 'n vraag met 'n lae stem gevra
"Wie gefällt dir die Königin?"
"Hoe hou jy van die koningin?"
»Ich mag sie gar nicht,« sagte Alice
"Ek hou glad nie van haar nie," sê Alice

Alice dachte, sie könnte genauso gut zurückgehen
Alice het gedink sy kan net sowel teruggaan
Sie wollte sehen, wie das Spiel läuft
Sy wou sien hoe die wedstryd verloop
Sie machte sich auf die Suche nach ihrem Igel
Sy het na haar krimpvarkie gaan soek
Der Igel war damit beschäftigt, gegen einen anderen Igel zu kämpfen
Die krimpvarkie was besig om teen 'n ander krimpvarkie te veg
Das war eine ausgezeichnete Gelegenheit
Dit was 'n uitstekende geleentheid
Sie konnte einen Igel mit dem anderen krocketen
sy kon die een krimpvarkie met die ander kroket
Aber ihr Flamingo war auf der anderen Seite des Gartens
maar haar flamink was aan die ander kant van die tuin
Der Flamingo war ziemlich tollpatschig
Die flamink was taamlik lomp
Ihr Flamingo versuchte, gegen einen Baum zu fliegen

Haar flamink het probeer om in 'n boom op te vlieg
Sie packte den Flamingo am Bein
Sy het die flamink aan die been gevang
Und sie schob sich den Flamingo unter den Arm
en sy het die flamink onder haar arm weggesteek
So konnte der Flamingo nicht mehr entkommen
Op hierdie manier kon die flamink nie weer ontsnap nie
In diesem Augenblick traf Alice zufällig die Herzogin
Net toe het Alice toevallig die hertogin ontmoet
Die Herzogin war nun aus dem Gefängnis entlassen worden
Die hertogin was nou uit die tronk
Sie schob ihren Arm liebevoll unter Alices Arm
Sy steek haar arm liefdevol onder Alice se arm
Und dann gingen sie zusammen fort
en toe stap hulle saam weg
Alice war sehr froh, sie in so angenehmer Laune zu finden
Alice was baie bly om haar in so 'n aangename humeur te vind
Sie erschrak jedoch ein wenig
Sy was egter 'n bietjie geskrik
Sie hörte die Stimme der Herzogin dicht an ihrem Ohr
Sy hoor die stem van die hertogin naby haar oor
"Du denkst über etwas nach, meine Liebe"
"Jy dink aan iets, my skat"
"Und das lässt dich das Reden vergessen"
"En dit laat jou vergeet om te praat"
»Das Spiel geht jetzt etwas besser«, sagte Alice
"Die wedstryd gaan nou nogal beter aan," het Alice gesê
Es war eine Möglichkeit, das Gespräch am Laufen zu halten
dit was een manier om die gesprek aan die gang te hou
»So ist es,« sagte die Herzogin
"Dit is inderdaad so," sê die hertogin
"Und die Moral davon ist folgende."
"En die moraal daarvan is dit:"
"Es ist die Liebe, die alles macht!"
"Dit is liefde wat alles doen!"
"Liebe ist das, was die Welt bewegt"
"Liefde is wat die wêreld laat rondgaan"

Alice hatte eine andere Erklärung
Alice het 'n ander verduideliking gehad
"Das macht jeder, der sich um seine eigenen
Angelegenheiten kümmert!"
"Dit word gedoen deur almal wat hom met sy eie sake
bemoei!"
»Ah, gut! Du könntest Recht haben"
"Ag, wel! Jy kan reg wees"
»Es bedeutet alles ziemlich dasselbe,« sagte die Herzogin
"Dit beteken alles baie dieselfde," het die hertogin gesê
und sie grub ihr spitzes kleines Kinn in Alices Schulter
en sy grawe haar skerp ken in Alice se skouer
"Und die Moral davon ist folgende"
"en die moraal daarvan is dit"
"Kümmere dich um die Sinne"
"Sorg vir die sin"
"Und dann erledigen sich die Klänge von selbst"
"En dan sal die klanke vir hulself sorg"
Aber dann fing der Arm der Herzogin an zu zittern
Maar toe begin die hertogin se arm bewe
Alice blickte auf und da stand die Königin
Alice kyk op en daar staan die koningin
Die Königin hatte die Arme verschränkt
Die koningin het haar arms gevou
Und sie runzelte die Stirn wie ein Gewitter!
en sy frons soos 'n donderstorm!
»Ich warne dich!« schrie die Königin
"Ek gee jou regverdige waarskuwing," skree die koningin
Und sie stampfte auf den Boden, während sie sprach
en sy stamp op die grond terwyl sy praat
"Entweder dein Kopf oder ihr Kopf muss ausgeschaltet sein"
"óf jou kop óf haar kop moet af wees"
"Treffen Sie Ihre Wahl!"
"Neem jou keuse!"
"Und beeilen Sie sich"
"en wees vinnig daaroor"
Die Herzogin traf ihre Wahl

Die hertogin het haar keuse gemaak
und in einem Augenblick war die Herzogin verschwunden
en binne 'n oomblik was die hertogin weg
Da sprach die Königin zu Alice
Toe praat die koningin met Alice
"Weiter geht's mit dem Spiel"
"Kom ons gaan voort met die spel"
Alice war zu erschrocken, um ein Wort zu sagen
Alice was te bang om 'n woord te sê
und langsam folgte sie ihrem Rücken zum Krocketplatz
en sy het haar stadig terug na die kroketgrond gevolg
Die ganze Zeit stritt sich die Dame mit den anderen Spielern
Die hele tyd het die koningin met die ander spelers gestry
»Hacken Sie ihm den Kopf ab!«
"Kap sy kop af!"
"Hack ihr den Kopf ab!"
"Kap haar kop af!"
"Hackt ihnen alle Köpfe ab!"
"Kap al hul koppe af!"
Bald waren alle Spieler in Gewahrsam
Gou was al die spelers in aanhouding
nur der König, die Königin und Alice blieben zurück
net die koning, die koningin en Alice het oorgebly
Da ging die Königin, ganz außer Atem
Toe vertrek die koningin, heeltemal uitasem
und sie ging mit Alice fort
en sy het saam met Alice weggestap
Alice hörte, wie der König leise etwas sagte
Alice hoor die koning saggies iets sê
"Ihr seid alle begnadigt"
"Julle is almal vergewe"
aber plötzlich hörte man einen neuen Schrei
maar skielik is daar nog 'n kreet gehoor
"Der Prozess beginnt!"
"Die verhoor begin!"
und Alice lief mit den andern
en Alice het saam met die ander gehardloop

Wer hat die Torten gestohlen?

Wie het die terte gesteel?

Der Herzkönig und die Herzkönigin saßen

Die koning en koningin van harte het gesit

sie saßen auf ihrem Thron, als Alice ankam

hulle was op hul troon toe Alice daar aankom

Eine große Menschenmenge war um sie herum versammelt

Daar was 'n groot skare rondom hulle bymekaargekom

Es gab allerlei kleine Vögel und Bestien

daar was allerhande voëltjies en diere

Und da war das ganze Kartenspiel

en daar was die hele pak kaarte

Der Spitzbube stand in Ketten vor ihnen

Die knave het voor hulle gestaan, in kettings

und auf jeder Seite war ein Soldat, der ihn bewachte

en daar was 'n soldaat aan elke kant om hom te bewaak

in der Nähe des Königs war das weiße Kaninchen

naby die koning was die wit haas

Er hatte eine Trompete in der einen Hand

hy het 'n trompet in een hand gehad

Und in der andern Hand hielt er eine Pergamentrolle

en hy het 'n boekrol perkament in die ander hand gehad

In der Mitte des Platzes stand ein Tisch

In die middel van die hof was 'n tafel

Auf dem Tisch stand eine große Schüssel mit Torten

op die tafel was 'n groot skottel terte

**"Ich wünschte, sie würden den Prozess zu Ende bringen",
dachte Alice**

"Ek wens hulle sal die verhoor gedoen kry," dink Alice

"Dann könnten wir etwas von diesen Erfrischungen essen!"

"Dan kan ons van daardie verversings eet!"

Der Richter war übrigens der König
Die regter was terloops die koning
und er trug seine Krone über seiner großen Perücke
en hy het sy kroon oor sy groot pruik gedra
»Das ist die Loge der Geschworenen!« dachte Alice
"Dit is die jurie-boks," dink Alice
"Und diese zwölf Geschöpfe, ich nehme an, sie sind die Geschworenen"
"en daardie twaalf wesens, ek veronderstel hulle is die jurielede"
einige waren Tiere, andere waren Vögel
sommige was diere, en sommige was voëls
In diesem Augenblick schrie das weiße Kaninchen auf
Net toe roep die wit haas uit
"Schweigen im Gericht!"
"Stilte in die hof!"
»Herold, lesen Sie die Anklage!« sagte der König
"Heraut, lees die beskuldiging!" sê die koning
Das weiße Kaninchen blies drei Stöße auf die Trompete

Die wit haas blaas drie ontploffings op die trompet
dann entrollte er die Pergamentrolle
toe rol hy die perkamentrol uit
Und er las folgendes:
en hy het soos volg gelees:
"Die Königin der Herzen, sie hat ein paar Torten gebacken."
"Die koningin van harte, sy het 'n paar terte gemaak,"
"All das tat sie an einem Sommertag"
"Dit alles het sy op 'n somersdag gedoen"
"Der Schurke der Herzen, er hat diese Torten gestohlen"
"Die knave van harte, hy het daardie terte gesteel"
"Und er hat diese Torten weit weg gebracht!"
"En hy het daardie terte ver weggeneem!"
»Rufen Sie den ersten Zeugen,« sagte der König
"Roep die eerste getuie," sê die koning
und das weiße Kaninchen blies drei Stöße auf die Trompete
en die wit haas blaas drie stote op die trompet
»Bringt den ersten Zeugen!« rief er
"Bring die eerste getuie!" het hy uitgeroep
Der erste Zeuge war der Hutmacher
Die eerste getuie was die hoedemaker
Er kam mit einer Teetasse in der einen Hand herein
Hy het ingekom met 'n teekoppie in die een hand
Und in der anderen Hand hatte er ein Stück Brot und Butter
en hy het 'n stukkie brood en botter in die ander hand gehad
»Du hättest fertig sein sollen,« sagte der König
"Jy moes klaar gewees het," sê die koning
"Wann hast du angefangen?"
"Wanneer het jy begin?"
Der Hutmacher schaute sich den Märzhasen an
Die hoedemaker kyk na die marshaas
Der Märzhase war ihm in den Hof gefolgt
Die March Hare het hom in die hof gevolg
Er war Arm in Arm mit dem Siebenschläfer gegangen
Hy het arm aan arm met die slaapmuis geloop
»Ich glaube, es war der vierzehnte März«, sagte er
"Veertiende Maart, ek dink dit was," het hy gesê

»Geben Sie Ihre Aussage,« sagte der König
"Lewer jou getuienis," sê die koning
"Und sei nicht nervös, sonst lasse ich dich auf der Stelle
hinrichten"
"en moenie senuweeagtig wees nie, of ek sal jou ter plaatse
laat teregstel"
Das schien den Zeugen überhaupt nicht zu ermutigen
Dit het blykbaar glad nie die getuienis aangemoedig nie
Er rutschte immer wieder von einem Fuß auf den anderen
hy het aanhoudend van die een voet na die ander geskuif
und er sah die Königin unruhig an
en hy kyk ongemaklik na die koningin
und in seiner Verwirrung biß er ein großes Stück aus seiner
Teetasse
en in sy verwarring het hy 'n groot stuk uit sy teekoppie gebyt
Eigentlich wollte er von seinem Brot und seiner Butter
beißen
regtig was hy van plan om uit sy brood en botter te byt
In diesem Augenblick fühlte Alice eine sehr merkwürdige
Empfindung
Net op hierdie oomblik het Alice 'n baie nuuskierige sensasie
gevoel
Sie fing an, wieder größer zu werden
sy het weer groter begin word
Der unglückliche Hutmacher ließ seine Teetasse fallen
Die ellendige hoedemaker het sy teekoppie laat val
und das Brot und die Butter fielen zu Boden
en die brood en botter het op die grond geval
und er fiel auf die Knie
en hy het op een knie neergegaan
»Ich bin ein armer Mann, Eure Majestät,« begann er
"Ek is 'n arm man, u majesteit," het hy begin
»Du bist ein sehr schlechter Redner,« sagte der König
"Jy is 'n baie swak spreker," sê die koning
»Du darfst gehen,« sagte der König
"Jy mag gaan," sê die koning
und der Hutmacher verließ eilig den Hof

en die hoedemaker het haastig die hof verlaat
»Rufen Sie den nächsten Zeugen her!« sagte der König
"Roep die volgende getuie!" sê die koning
Der nächste Zeuge war die Köchin der Herzogin
Die volgende getuie was die hertogin se kok
Sie trug die Pfefferdose in der Hand
Sy het die peperboks in haar hand gedra
Und die Leute in der Nähe der Tür fingen auf einmal an zu niesen
en die mense naby die deur het dadelik begin nies
»Geben Sie Ihre Aussage,« sagte der König
"Lewer jou getuienis," sê die koning
»Ich will nichts beweisen,« sagte die Köchin
"Ek sal geen getuienis lewer nie," sê die kok
Der König sah das weiße Kaninchen ängstlich an
Die koning kyk angstig na die wit haas
Und das weiße Kaninchen sprach mit leiser Stimme
en die wit haas het met 'n stil stem gepraat
"Eure Majestät müssen diesen Zeugen ins Kreuzverhör nehmen"
"U majesteit moet hierdie getuie kruisondervra"
»Nun, wenn ich muß, so muß ich,« sagte der König
"Wel, as ek moet, moet ek," het die koning gesê
"Woraus bestehen Torten?"
"Waarvan word terte gemaak?"
»Torten werden meistens aus Pfeffer gemacht«, sagte die Köchin
"Terte word meestal van peper gemaak," sê die kok
Einige Minuten lang war der ganze Hof in Verwirrung
Vir 'n paar minute was die hele hof in verwarring
Schließlich ließen sie sich alle wieder nieder
Uiteindelik het hulle almal weer gaan sit
Aber da war die Köchin schon verschwunden
maar teen daardie tyd het die kok verdwyn
»Macht nichts!« sagte der König
"Maak nie saak nie!" sê die koning
"Rufen Sie den nächsten Zeugen in den Zeugenstand"

"roep die volgende getuie na die tribune"

Alice beobachtete das weiße Kaninchen, wie es an der Liste herumfummelte

Alice kyk na die wit haas terwyl hy oor die lys vroetel

Sie können sich vorstellen, wie überrascht sie war, als sie das hörte, was sie als nächstes hörte

Jy kan jou haar verbasing voorstel oor wat sy volgende gehoor het

Mit lauter schriller kleiner Stimme rief er den Namen »Alice!«

bo-op sy skril stemmetjie roep hy die naam "Alice!"

Alices Beweise
Alice se getuienis

»Hier!« rief Alice

"Hier!" roep Alice

Sie sprang in großer Eile auf

Sy spring haastig op

und sie kippte die Geschworenenloge um

en sy het die jurie-boks omgegooi

und sie warf alle Geschworenen um

en sy het al die j200lede omgestamp

und sie fielen auf die Köpfe der Menge unten

en hulle het op die koppe van die skare onder geval

Alice war in großer Bestürzung

Alice was in groot ontsteltenis

»Oh, ich bitte um Verzeihung!« rief sie aus

"O, ek smeek jou vergewe!" het sy uitgeroep

»Der Prozeß kann nicht fortgesetzt werden,« sagte der König

"Die verhoor kan nie voortgaan nie," sê die koning

"Die Geschworenen müssen wieder an ihre angestammten Plätze zurückkehren"

"Die jurielede moet weer op hul regte plekke kom"

Er wiederholte den Befehl mit großem Nachdruck

Hy herhaal die bevel met groot klem

und er sah Alice streng an

en hy kyk streng na Alice

"Was weißt du über diese Ereignisse?" fragte der König Alice

"Wat weet jy van hierdie gebeure?" vra die koning vir Alice

»Ich weiß nichts von der Sache,« sagte Alice

"Ek weet niks oor die onderwerp nie," sê Alice

Dann las der König aus seinem Buch vor

Die koning het toe uit sy boek gelees

"Regel zweiundvierzig"

"Reël twee-en-veertig"

"Alle Personen, die mehr als eine Meile hoch sind, sollen das Gericht verlassen"

"Alle persone wat meer as 'n kilometer hoog is, moet die hof

verlaat"
»Ich bin keine Meile hoch,« sagte Alice
"Ek is nie 'n myl hoog nie," sê Alice
»Fast zwei Meilen hoch,« sagte die Königin
"Byna twee myl hoog," sê die koningin

»Nun, ich weigere mich zu gehen,« sagte Alice
"Wel, ek weier om te gaan," sê Alice
Der König erbleichte
Die koning het bleek geword
und er schloß hastig sein Notizbuch
en hy het sy notaboek haastig gesluit
**»Überlegen Sie sich Ihr Urteil«, sagte er zu den
Geschworenen**
"Oorweeg jou uitspraak," het hy aan die jurie gesê
Er sprach mit leiser, zitternder Stimme
Hy het met 'n lae, bewende stem gepraat
Da sprach das weiße Kaninchen
Toe praat die wit haas
"Es werden noch mehr Beweise kommen"

"Daar is nog meer bewyse om te kom"
und er sprang in großer Eile auf
en hy het in 'n groot haas opgespring
"Dieses Papier wurde gerade abgeholt"
"Hierdie vraestel is pas opgetel"
"Es scheint ein Brief des Gefangenen zu sein"
"Dit lyk asof dit 'n brief is wat deur die gevangene geskryf is"
Er faltete das Papier auseinander, während er sprach
Hy het die papier oopgevou terwyl hy gepraat het
"Es ist doch kein Brief"
"Dit is tog nie 'n brief nie"
"Was es war, war eine Reihe von Versen"
"Wat dit was, was 'n stel verse"
»Bitte, Eure Majestät,« sagte der Spitzbube
"Asseblief, u majesteit," sê die knave
"Ich habe diese Verse nicht geschrieben"
"Ek het nie daardie verse geskryf nie"
"und sie können nicht beweisen, dass ich etwas geschrieben habe"
"en hulle kan nie bewys dat ek iets geskryf het nie"
"Am Ende ist kein Name unterschrieben"
"Daar is geen naam aan die einde onderteken nie"
Der König sprach mit dem Spitzbuben
Die koning het met die knawe gepraat
"Du musst vorgehabt haben, Unheil anzurichten"
"Jy moes bedoel het om onheil te veroorsaak"
"Sonst hättest du wie ein ehrlicher Mann unterschrieben"
"anders sou jy jou naam soos 'n eerlike man geteken het"
Es gab ein allgemeines Händeklatschen
Daar was 'n algemene handgeklap
Und der König wandte sich an das weiße Kaninchen
en die koning draai na die wit haas
»Lest die Verse!« befahl er.
"Lees die verse," beveel hy
Es herrschte Totenstille im Gerichtssaal
Daar was doodstilte in die hof
und das weiße Kaninchen las die Verse vor

en die wit haas het die verse voorgelees
Sie sagten mir, du wärst bei ihr gewesen
Hulle het vir my gesê jy was by haar
Und sie erwähnten mich ihm gegenüber
En hulle het my vir hom genoem
Sie gab mir einen guten Charakter
Sy het my 'n goeie karakter gegee
Aber sie sagte, ich könne nicht schwimmen
Maar sy het gesê ek kan nie swem nie
Er ließ ihnen wissen, dass ich nicht gegangen sei
Hy het vir hulle 'n boodskap gestuur dat ek nie gegaan het nie
Wir wissen, dass es wahr ist
Ons weet dit is waar
Wenn sie die Sache vorantreiben sollte, was würde aus dir werden?
As sy die saak sou voortsit, wat sou van jou word?
Ich gab ihr einen, sie gaben ihm zwei
Ek het vir haar een gegee, hulle het vir hom twee gegee
Du hast uns drei oder mehr gegeben
Jy het vir ons drie of meer gegee
Sie sind alle von ihm zu dir zurückgekehrt
Hulle het almal van hom na jou teruggekeer
obwohl sie vorher meine waren
hoewel hulle voorheen myne was
Wenn ich oder sie die Chance haben sollte,
As ek of sy die kans sou hê om te wees
Wenn ich oder sie in diese Affäre verwickelt wäre
As ek of sy by hierdie saak betrokke was
Er vertraut auf dich, dass du sie befreien wirst
Hy vertrou op jou om hulle vry te maak
Genau so wie wir waren
Presies soos ons was
Ich hatte den Eindruck, dass Sie
My idee was dat jy was
Bevor sie diesen Anfall hatte
Voordat sy hierdie aanval gehad het
Ein Hindernis, das dazwischen kam

'n Struikelblok wat tussenin gekom het
Er und wir und es
Hy, en onsself, en dit
Lass ihn nicht wissen, dass sie ihr am besten gefallen haben
Moenie hom laat weet sy hou die beste van hulle nie
Denn dies muss für immer ein Geheimnis bleiben, das vor allen anderen verborgen bleibt
Want dit moet vir ewig 'n geheim wees, bewaar vir al die ander
Dieses Geheimnis muss ein Geheimnis zwischen dir und mir bleiben
Hierdie geheim moet 'n geheim tussen jou en my bly
Der König war sehr beeindruckt
Die koning was baie beïndruk
"Das ist das wichtigste Beweisstück, das wir bisher gehört haben"
"Dit is die belangrikste bewysstuk wat ons nog gehoor het"
»Ich glaube nicht, daß diese Verse auch nur ein Atom Bedeutung haben,« wandte Alice ein
"Ek glo nie daardie verse het 'n atoom van betekenis nie," het Alice beswaar gemaak
der König hatte seine eigene Meinung zu dieser Angelegenheit
die koning het sy eie mening oor die saak gehad
"Wenn diese Worte keinen Sinn haben, erspart das eine Menge Ärger"
"As daar geen betekenis in daardie woorde is nie, red dit 'n wêreld van moeilikheid"
"Dann brauchen wir nicht zu versuchen, den Sinn zu finden"
"dan hoef ons nie die betekenis te probeer vind nie"
"Lassen Sie die Geschworenen über ihr Urteil nachdenken"
"Laat die jurie hul uitspraak oorweeg"
»Nein, nein!« sagte die Königin
"Nee, nee!" sê die koningin
"Erst die Verurteilung, dann das Urteil"
"Vonnisoplegging eers - uitspraak daarna"

"Zeug und Unsinn!" sagte Alice laut
"Goed en nonsens!" sê Alice hardop
"Wie dumm ist es, den Angeklagten zuerst zu verurteilen!"
"Hoe dom is dit om die beskuldigde eerste te vonnis!"

»Schweige!« sagte die Königin und färbte sich violett an
"Hou jou mond!" sê die koningin en word pers
"Ich werde nicht den Mund halten!" sagte Alice
"Ek sal nie my mond hou nie!" sê Alice
schrie die Königin aus voller Kehle
Die koningin skree op die top van haar stem
"Hack ihr den Kopf ab!"
"Kap haar kop af!"
Niemand machte eine Bewegung
Niemand het 'n beweging gemaak nie
"Wen kümmert es, was du sagst?" sagte Alice
"Wie gee om wat jy sê?" sê Alice
Zu diesem Zeitpunkt war sie bereits zu ihrer vollen Größe

herangewachsen

sy het teen hierdie tyd tot haar volle grootte gegroei

"Du bist nichts als ein Kartenspiel!"

"Jy is niks anders as 'n pak kaarte nie!"

Bei diesen Worten hoben sich alle Karten in die Luft

Hierop het al die kaarte in die lug opgestyg

und alle Karten flogen auf sie herab

en al die kaarte het op haar neergevlieg

Sie stieß einen kleinen Schrei aus

Sy gee 'n bietjie gil

Sie war halb erschrocken, aber auch wütend

Sy was half bang, maar ook kwaad

Und sie versuchte, sich gegen die Karten zu wehren

en sy het probeer om die kaarte van haarself af te veg

Und dann fand sie sich auf der Grasbank liegend

en toe lê sy op die grasbank

Ihr Kopf lag im Schoß ihrer Schwester

haar kop was in die skoot van haar suster

Einige abgestorbene Blätter waren auf ihrem Gesicht gelandet

'n paar dooie blare het op haar gesig beland

und ihre Schwester wischte vorsichtig die Blätter weg

en haar suster was besig om die blare saggies weg te borsel

»Wach auf, liebe Alice!« sagte die Schwester

"Word wakker, Alice!" sê haar suster

"Was für einen langen Schlaf hast du gehabt!"

"Wat 'n lang slaap het jy gehad!"

"Oh, ich habe so einen merkwürdigen Traum gehabt!" sagte Alice

"O, ek het so 'n eienaardige droom gehad!" sê Alice

Und sie erzählte ihrer Schwester alles, woran sie sich erinnern konnte

En sy het haar suster alles vertel wat sy kon onthou

all die seltsamen Abenteuer, von denen Sie gerade gelesen haben

Al die vreemde avonture waaroor jy pas gelees het

Alice stand auf und rannte davon

Alice het opgestaan en weggehardloop
Und während sie lief, dachte sie an ihren Traum
en sy het gedink, terwyl sy gehardloop het, oor haar droom
"Was für ein wunderbarer Traum das gewesen war!"
"Wat 'n wonderlike droom was dit nie!"

9 781835 667675